Easy
to
Learn

寫過就不忘！

韓文自學達人的
單字整理術

「77的韓文筆記」教你活用資源、
寫出自己的韓文筆記、克服學習難關

楊珮琪 (77)——著

陳冠超——審訂

Contents

Chapter 1　學韓文，是了解自己的過程

Chapter 2　為什麼要整理自己的韓文筆記？

好評推薦

「經營 YouTube 頻道的過程中，我時常收到觀眾詢問如何自學韓文。我想透過這本書，就能讓更多人知道如何開始，以及踏實地學習韓文！」

——「순유키 SOONYUKI」Yuki，YouTuber

「說到我跟 77 的緣分呢，其實是因為當時我想要搜尋志祺，結果反而找到『77 的韓文筆記』這個寶藏帳號，看了她整理單字的方式，感到非常佩服。背單字是學語言中很重要的一環，但我們常常背了又忘，或是沒有系統性，這次 77 毫不藏私，把她的獨門背單字方法分享給大家，這絕對是一本超級實用、值得入手的單字書，買了絕對不會後悔！」

—— Annyeong LJ 안녕 엘제이，韓文 YouTuber

「這本書將語言學習歷程中不可或缺的，以及困擾許多學習者的重要環節——單字筆記整理，從概念到實際操作，用最淺顯易懂的方式，手把手帶領韓語學習者掌握運用。此外，主題式單字庫、語學知識、實用技巧等額外補充，更是讓這本書能一次滿足各種類型學習者的需求，相信一定能成為大家韓語學習路上的好幫手！」

——波咚，韓文 IG 專頁「波咚韓文聊天室」版主

「其實 77 的學習方式和學習歷程跟我有滿多相似之處，我真的覺得要自學好韓文有一件事特別重要，那就是『做屬於自己的筆記』，做筆記才能把知識內化成自己的、才能記得長久！77 不藏私分享好多單字整理術，大家趕快學起來吧！」

——阿敏，超有趣韓文創辦人

「經營社群這麼長時間以來，經常會遇到有人問我『該如何有效率地整理單字？』很開心看到作者出版這本書，我相信有類似疑問的讀者，都能從這本書獲得很棒的解答。我和作者都不是韓文系出身，因此對於非韓文系同學的學習痛點深有同

感，但無論是自學、補習還是讀語學堂，只要這本書在手，一定能大幅提升學習效率，從此不再害怕接觸新單字。」

——陳家怡，中韓口譯員

「不管是何種學習，做好筆記都有助於增進學習的效率，77一直以來專注於韓語的筆記整理術，相信本書中的『韓語單字筆記祕辛』，可以讓熱愛韓語的你實力更上一層。」

——楊書維，國立政治大學韓國語文學系講師

「跟著自學達人77的獨家韓檢備考心法、韓文主題單字筆記整理術，一起突破學習瓶頸，更高效記憶韓文單字吧！」

——雷吉娜，超有趣韓文創辦人

「這是一本自學＋初學的指南書，77不但提出具體的做法，也分享了自學者不易注意到的盲點，跟著她的腳步，一定能累積出和她一樣的好實力！」

——韓語兔小學堂

推薦文

自學韓文的必備範本

——陳冠超，國立政治大學韓國語文學系助理教授

　　隨著韓國的流行文化在臺灣蓬勃發展，想要透過學習韓文來進一步了解韓國的人愈來愈多，各種學習韓文的管道亦愈來愈多樣。從早期集中在大學開設的韓文系、終身學習中心及少數補習班，到現在有了各種線上課程、YouTube 影片及網路社群媒體等，方法五花八門；從需要付學費才能學韓文，到現在免費資源俯拾皆是。學習韓文的門檻可說是大大降低，開始接觸韓文的年齡層也逐漸下降，這點從不少學生把韓文當作第二外語，而且許多國高中都有成立韓文相關社團便可見端倪。

　　然而，在韓文的學習資源如此唾手可得的情況之下，如何正確及有效學習就很重要。108 課綱上路後，我在申請韓文系的審查資料當中，看到不乏把韓文做為自主學習項目的學生，在面試過程詢問他們是如何自學韓文，很多都回答靠自己看書或網路資料來學習。在缺乏專業韓文老師的指導下，很難確保他們所學習的韓文是否正確，使用的學習材料是否適合自己。

撕開教育政策層面上的問題不談,可以預見未來有自學韓文需求的人口會愈來愈多,因此,如果能夠有一本引導他們該如何自學韓文的範本,對於學習者來說會是一大福音。

我想這本《寫過就不忘!韓文自學達人的單字整理術》應可以滿足這樣的需求,作者 77 以她身為過來人的經驗,把她多年來自學的心路歷程以及獨家方法不藏私地分享出來,這些方法在我看來並不是囫圇吞棗,而是如何把大量的韓文單字及文法知識,透過有系統的分類、有條理的整理方式,歸納出自己的一套心得。如前所述,自學韓文的過程中,最麻煩的就是不知道自己學的是否正確,而書中介紹了許多學習韓文單字時會用到的網站,透過這些資訊,除了可以確認自己所學到的單字用法之外,同時還可以藉此擴充單字量,不管是未來應用在口說或是寫作都很有幫助。

不過,自學者剛開始要整理不同主題的單字並不容易,好在作者 77 很貼心地整理了日常生活中經常會用到的表達詞彙(expressive vocabulary),除此之外,她還透過自身所學,補充了在認識韓文詞彙結構時會碰到的相關語學知識,有了這些基礎知識之後,未來在翻閱市面上所售的韓語文法書會更容易上手。

文法有限,單字無限。在學韓文的過程中文法固然重要,

但就算通過韓檢 6 級，單字的學習並不代表告一段落。專業的口譯人員也是透過每次的工作機會，學習不同領域的新單字，由此可見有效率學習單字之重要性。或許每個人開始學習韓文的契機都不一樣，但大家的目標都是一致的，就是「把韓文學好」。相信這本書會給予那些想要學韓文卻還處於茫然階段，或覺得單字老是背不起來、背過即忘的同學帶來解答。

推薦文

從整理單字開始，征服學習的大山

——李荷娜，中國文化大學韓國語文學系助理教授

　　此書作者楊珮琪在介紹自己韓文學習方法的同時，也介紹了她是如何具備如今流暢的韓語能力之歷程。這本書專為許多茫茫然學習韓文的初學者所寫，指引讀者如何征服名為「韓文」這座大山，是一本如同引路地圖般的書。

　　作者在大學時雖非就讀韓語科系，但靠自己的能力，從熟悉韓文字母開始，再到考取韓國語文能力測驗 TOPIK6 級，進入臺灣最好的韓文學習殿堂——國立政治大學韓國語文學系碩士班，並成為韓語老師等種種經歷，為想學習韓文的學習者樹立了良好榜樣。

　　這本書最大的優點在於，作者敘述了她在學習韓文時經歷的困難，以及如何克服這些困難的方法。每個人在學習韓文時都會遇到各自的難關，以作者的經驗來看，面對難關時，應該努力克服而非半途而廢。亦即，作者認為應把這些難關做為墊腳石，去設定一個學習韓文的真正目標，讓這些難關成為你繼

續學習時，最重要的動力來源。

　　作者於書中詳細地提供了她在學習韓文時，針對「整理韓文單字」方面所認為的重點。由於 70％的韓文是由漢字詞所組成，所以若能知道以韓文標記之單字的漢字是什麼，對於母語為中文的臺灣學習者來說，學韓文並不是件難事。但問題是，即使單字的意義是漢字詞，還是會因為以韓文標記，導致發音上與中文有些不同，讓臺灣學習者在學習時仍伴隨著許多困難。再加上，韓文單字和中文單字在實際使用上仍有相異之處，此部分亦不容忽視。

　　因此，正如作者想強調的，韓文學習者應花費更多的心力在研究、整理韓文單字上。而作者長期在 Instagram 整理的韓文單字，也對學習者產生很大幫助，持續努力至今，結成了一本名為《寫過就不忘！韓文自學達人的單字整理術》的果實，在此，再次向本書作者楊珮琪，表達祝賀之意。

作者序
透過寫筆記，建立你的學習系統

　　大家好，我是 77，本書的作者楊珮琪。首先，感謝翻開這本書的每一位讀者。很感動有機會向各位介紹自己以及這本書，我想，創立 Instagram 帳號「77 的韓文筆記」，將我所愛的韓文分享給大家，可以說是我人生中數一數二美好的決定。

　　偶爾，「77 的韓文筆記」會收到粉絲來訊，詢問要怎麼開始學習韓文、怎麼背韓文單字，又或是好奇我平常都是怎麼寫韓文筆記等，這些韓文學習者常常會遇到的問題，其實也是我在學習時經常出現的疑惑。我也曾經呆坐在書桌前，苦惱著何時才能進步；也曾經遇到問題，不知道該如何是好……諸如此類的煩惱和煎熬，一度成為我在學習時的絆腳石。

　　直到後來，我偶然發現自己學韓文時非常缺乏系統性，意識到這個問題並經過思索後，我認為自己必須將學過、讀過的韓文知識組織起來，才能突破瓶頸，而「寫筆記」可以將知識系統化，恰巧能幫助我完成這個目標。當我擁有了組織與系統化知識的能力後，我發現即使是處理其他事務，也變得比以往

更有邏輯，計畫也大多數能按照進度，按部就班進行下去。

有了這樣的收穫與體驗後，我便一直希望把自己的學習經驗分享出去，幫助自學者建立屬於自己的系統，或是找到適合個人的筆記方式，相信這本書便是實現這個願望的好機會。

這本書是我的第一本著作，我盼望在這本書中濃縮自己的韓文自學經驗、寫筆記的方法，以及融合一些我在政大韓文研究所學習到的知識，讓這本書成為有如燈塔般的存在，陪伴許多獨自走在韓文學習路上的讀者。

本書的第一章是我個人的學習經驗，包含我是如何開始接觸韓文，韓文學習的必經階段，如何克服自學挫折，以及準備韓檢 TOPIK 的心得，向大家分享我的學習心法。

第二章講述我為什麼會開始整理韓文筆記，寫筆記帶給我什麼樣的助益，尤其我寫「77 的韓文筆記」所採用的「主題式韓文筆記」，有什麼樣的特色和優點。第三章公開我個人的寫筆記方式，包含工具、怎麼查資料、如何設立主題等。

第四章，收錄我整理過的主題式單字、文法，給予剛開始要寫筆記的讀者一些方向。當中穿插「語學知識小講堂」，從主題單字延伸，提供和語學相關的進階內容。

其實在構思內容時，我苦惱了很久，不斷思考除了個人的學習經驗、筆記術和重點單字整理之外，還可以補充什麼樣的

知識內容，才會對自學者有幫助，又不會過於艱澀難懂。經過長時間思考，我決定加入市面文法書或網路資源常會出現的韓文專有名詞定義與解說，以及韓文辭典的使用方式與注意事項。這些內容對於韓文系學生或補習班學生來說，可能是一些基本的小知識，但對於無人可問、毫無概念，也不知道如何獲得這些資訊的初學者而言，可能會是不錯的專有名詞小辭典，往後在讀書、查詢資料時，就能有更多判斷依據，不會因為不了解語言學專有名詞，而變得一知半解。

最後，補充我個人常用且推薦的學習網站和 APP，對於已經有些程度的學習者來說，相信會是不錯的進階學習資源。

如果這本書能幫助大家建立學習韓文的方向和自信，了解自學過程中可能會遭遇什麼樣的關卡、可以如何克服，寫出屬於自己的主題式韓文筆記，並且更懂得判斷、運用網路資源，那就再好不過了。

안녕하세요, 저는 이 책의 지은이 77, 양패기입니다. 여기서 저와 이 책을 소개할 수 있는 기회를 갖게 되어서 매우 감격스럽고 행복합니다. '77 의 한국어 필기'라는 인스타그램 계정을 개설하고 제가 사랑하는 한국어를 많은 분들과 공유

할 수 있었던 것은 제 인생 최고의 선택 중 하나였다고 생각합니다.

먼저, 이 책이 나올 수 있도록 도와주신 모든 분들께 감사하다는 말씀을 드리고자 합니다. 이 책은 제가 쓴 첫 번째 책이고 이 안에 제 한국어 독학 경험과 필기 방법, 그리고 대학원에서 배운 지식들을 담았습니다. 이 책이 독학으로 한국어를 배우시는 분들께 등대와 같은 존재가 될 수 있기를 바랍니다.

사실 저는 이 책에 어떠한 내용을 담아야 할지 오래 고민했습니다. 제 한국어 학습 경험과 노트 필기 방법, 여러가지 팁 그리고 이 책의 핵심 파트인 단어 부분 외에 또 어떤 내용을 넣어야 독학하고 싶어하시는 분들께 도움이 되면서도 너무 어렵지 않게 지식을 전달할 수 있을지 여러 고민이 있었습니다. 긴 시간 고민 후에 이 책에 문법서나 인터넷상에 자주 등장하는 전문어의 정의와 해설, 그리고 사전의 사용 방식과 주의 사항을 넣기로 했습니다. 이는 한국어 전공 학생들이나 관련된 책을 읽어본 적이 있으신 분들께는 기본적인 지식일 수도 있겠지만, 질문할 수 있는 사람이 없거나 이러한 지식에 대한 개념이 없어서 관련된 정보를 어디서 얻을 수 있는지 모르실 분들께는 괜찮은 전문어 사전이 될 것 같다고 생각합니다. 이 책이 독자분들께 많은 도움이 되기를 소망하며 또한 이 책을 읽은 후, 책 내용이 향후 공부하거나 자료를 찾으실 때 판단할 수 있는 길잡이로 활용될 수 있었으면 하며, 자료 검색 시 언어학적 전문 지식을 몰라서 발생할 수 있는 문제도 없으면 좋겠습니다.

Chapter

1

學韓文，是了解自己的過程

1 學習的契機 始於喜歡

可能會有人好奇，在全世界這麼多的語言中，我為什麼選擇學習韓文？不僅僅是在大學時期選修了學校的初級韓語課程，又主動利用了許多課餘時間研究與自己主修無關的課外韓文知識，甚至後來還選擇就讀和大學科系毫不相關的韓文研究所，創立自己的學習筆記 Instagram 專頁「77 的韓文筆記」。其實，這都是因為韓國文化與韓文拯救了高中時期的我。我的學習歷程並非一路順遂，卻是百分之百發生過的事，一個專屬於我的真實故事。

高中時的我很迷惘，對於未來可以說是毫無想法，再加上曾在學校發生一些不順心的事，我開始變得不喜歡去學校，生活過得很不規律，成績也不是很理想，在現實生活中無法得到成就感。在課業和人際關係都遭遇挫折的狀況下，我偶然在電視上接觸了韓國綜藝節目，這對我來說是個全新的世界。

我開始藉由看韓綜來逃避現實生活的挫敗，失心瘋地掉入

韓國文化的魅力，無法自拔。再加上看韓劇，當時還是高中生的我，可以說是把課業徹底拋到腦後。直到大學入學考試前一個月，我才意識到應該要努力考上自己喜歡的學校和科系，可想而知為時已晚。

踏上韓文自學之路

上了大學以後，我就讀的並不是真正感興趣的科系，此時出現了一個契機──爸媽鼓勵我學好韓文，如果爭取到交換學生的名額，就讓我去留學。這對那時候的我來說是一個極大的鼓勵，也正式有了學好韓文的動機。

除了選修學校的韓文課之外，我也主動買了很多初級課外書來研讀，相較於學校的教科書，總覺得課外書的內容更有趣也更新鮮。大二時，我在老師的鼓勵下初次報考韓檢 TOPIK I，通過了 2 級。我不滿足於停留在初級的程度，渴望繼續進修，雖然學校有開設韓文課，卻沒有中高級的課程。在那之後，我便踏上了自學的漫長道路。

為了自學韓文，我除了到書局買自己喜歡的單字和文法書，也積極在網路上尋找各種學習資源，盡量讓自己泡在韓文

的環境中。印象最深刻的是，大二下學期的時候，我在校園內的座位區念書，遇到一位在大學附近教韓文的韓國牧師。他看到我桌上放了一本韓文書，覺得很新奇，便走過來跟我搭話，問我有沒有興趣跟他學韓文，我當然不想錯過這個難得的機會，便開始了一週一次的韓語家教生活。

現在回想起來總覺得有點瘋狂，因為過去的我從來不是一個會為了學好某樣東西，而在每週特別空出一個時段，請老師一對一上課的人，更何況對方還是一個韓國人！雖然後來因為課業繁忙，韓文課因此中斷，但那段時間的上課經驗也讓我脫離原本的舒適圈，開始習慣與韓國人接觸、交談。

雖然有跟韓國人牧師上中級文法課的經驗，但遇到要從初級跨越到中高級這個階段時，其實我差點要放棄。幸好後來上課認識了當時的韓國男友，他時常幫助我，成為我學習韓文很大的動力，有他不斷在旁邊鼓勵我，讓我問各種稀奇古怪的問題，幫我創造了非常良好的學習環境。

除了他人的幫助，我也曾嘗試一些自己想到的方法來克服學習瓶頸，例如看韓國的 YouTube 頻道、新聞和全韓文的電視節目。雖然一開始無法完全聽懂，但可以讓自己習慣沉浸在全韓文的語境之中，利用前後語意猜測陌生詞彙的意思，不會一直依賴中文字幕，我認為這些習慣其實對於後面進入高級階

段相當有幫助。

　　在自學韓文的這條路上，雖然曾遇到很多困難，但我一直記得自己之所以喜歡這個語言的初衷，嘗試各種方法，盡量讓生活中充滿韓文，才能抱持著熱情繼續精進下去，並順利考上韓文研究所。

2　韓文學習的必經階段

　　學習韓文的過程可以分成幾個必經階段，對於自學者來說，一開始常常不知道要從哪裡著手，便漫無目的地東學西學，時常求助無門，也就容易遇到瓶頸。或者也有些學習者，已經學到了一定的程度，卻不知道還可以更精進哪些部分，尤其在學習中期會遇到許多挫折，常常不知道該如何解決。無論是前者或後者，如果能先了解韓文到底有哪幾個主要的學習階段，以及自己現在的程度在哪裡，就比較不容易在學習時感到無所適從，甚至放棄。

　　以下將從我的經驗出發，分享在各個學習階段可能遭遇的苦與淚！

以韓檢 TOPIK 為目標的五大學習階段

階段 1：學習基本 40 個子音和母音

這個階段的目標就是熟悉韓文子音和母音的發音與寫法，學習發音時尤其要注意**舌頭位置、嘴形、氣流大小的變化**。

很多人初學時可能會有子母音背不起來、發音搞混的問題，之所以會搞混，其實有很多原因，舉例來說，韓文的母音「一」（發音為 [ɯ]），在中文裡面沒有能完全對應的發音。我們雖然能透過與其他子音的結合，來發出類似的音，但「一」若是與中文沒有的或不相似的子音結合使用的話，就容易發成其他音，像是我們可能常常會發成相似的 [ㄜ] 或 [ə]，其實都跟韓文母音「一」不太一樣。

在一開始學習子母音的階段，自學者最容易忽略的通常就是發音法則（발음 법칙）、和一些發音的音韻現象（음운 현상），而之所以有這些發音的規則，**通常是因為藉由發音的變化（音變），說話時嘴巴周圍的肌肉就可以更省力**，這部分在每個語言的發展和演變上都差不多，也就是發音會遵循「說話方便」的模式演變。

不過，對於我們非母語學習者來說，韓語並不是母語，我

們不會自然而然地習得母語者習慣的說話方式或是音韻現象，而且，也會因為自己的母語本來就有些習慣的口腔肌肉變化、舌頭擺放位置，造成我們習慣的發音方式和韓國人習慣的發音方式不一樣，就連一些聽起來相似的發音，舌頭擺放的位置也有高低之分。

非母語學習者在剛開始學習發音法則的階段，如果沒有弄懂，之後就會很難改正，或很容易搞混，建議在最初打基礎的階段，除了死記硬背，還可以參考一些有提供口腔發音位置圖片的書，或是有詳細說明音變原理及解釋音韻現象的書。理解概念後，對於記憶這些規則會有很大的幫助。

如果想要更快熟悉 40 個子音和母音，我以前時常用兩種方式來做練習：

1. 用「歌詞」來練習。我會在網路上找喜愛的韓文歌曲，一邊聽歌、一邊對歌詞，藉此熟悉字的發音。
2. 多看韓國綜藝節目的「字幕」。在韓國綜藝節目中，主持人或來賓講出來的重點單字或重點句，通常會以比較大或比較誇張的字幕形式出現。他們所說的重點單字或句子都是韓國人常用的慣用語，這時候就可以趁機聽他們的發音，同時還能熟悉寫法。

另外，也很推薦初學者可以去看看頒獎典禮的致詞影片或得獎感言影片，這些片段通常都會是當紅團體或演員說話，除了賞心悅目之外，也能聽到一些正式場合常用的用語。同時，因為致詞、得獎感言通常都是一些慣用的句子，不會太困難複雜，頗適合初學者。

階段 2：考 TOPIK I 前的初級階段

在這個階段會開始學習初級的單字、文法，因為初級有明確的範圍，通常可以參考市面上販售的文法書、單字書，也可以利用語學堂課本來輔助學習。聽力的部分，則可以多看韓綜、韓劇或偶像直播來練習。最後，再多寫歷屆試題，就可以準備得很充裕，邁向 TOPIK I 滿分。

階段 3：考 TOPIK II 前，初級跨中級階段

階段 3 是自學者最容易放棄的階段，因為無論是單字或文法的數量、難度，中級實在比初級困難太多，可以說有非常大的鴻溝，很多人會在這時感到挫折，我之前開始準備 TOPIK II 的時候也不例外。

建議這時可以一步一腳印，慢慢讀，**不一定要求快，先把**
中級文法弄懂，再用閱讀累積單字量。閱讀部分，可以開始多
看一些網路報社的新聞，如果遇到不懂的地方，我一定會查字
典弄懂。

　　另外，還可以訂閱新聞媒體的社群平臺，因為新聞社群會
即時更新，只要有新文章發布就會跳出通知，平常使用手機時
比較容易接觸到社群貼文，進而培養看到文章就讀完的習慣。
還有一個方法是關注 NAVER 網站的新聞，**快速瀏覽當天所有**
新聞時事的標題，訓練自己速讀標題的能力，在 TOPIK II 考
試中，就有一大題是測驗判斷新聞標題的意思。如此長期累積
下來，閱讀實力和速度都會提升很多。

階段 4：從中級到高級，韓文能力躍升

　　中級到高級的階段，隨著學會的文法量越來越多、看得懂
的單字越來越多，也能閱讀更長的文章，你會感覺自己的韓文
能力在這個階段突飛猛進。但因為語言的學習沒有盡頭可言，
TOPIK II 也沒有限定範圍，比較有目標的方式是從歷屆試題
著手，分析題目常出的各種題型，平常也盡量吸收不同領域常
用的單字和文法，才能在考試時得心應手。

階段 5：提升寫作能力的階段

　　由於新制 TOPIK 是中、高級程度一起測驗，題目融合成同一個級數（TOPIK II）的關係，階段 4 和階段 5 的界線非常模糊。舊制 TOPIK 的初、中、高級界線明確，難易度分明；新制 TOPIK 的中、高級沒有舊制的高級那麼難，但題目相對較靈活。因此，如果有認真準備和練習「寫作」，第一次考 TOPIK II 就考到 5、6 級的人也不在少數。

　　韓文學到越後面，會發現自己的閱讀和聽力都維持差不多的分數，該次測驗考得好不好，大部分原因都在於寫作有沒有寫好，或是有沒有粗心看錯題目，**因此每次考試前的寫作練習就顯得特別重要。**

　　如果將歷屆試題拿來分析，可以知道韓文寫作有固定的格式，只要按照固定格式去寫即可，也可以多背寫作常用的文法、連接詞（即成分副詞、句子副詞，見 P.208），技巧就跟考大學學測的英文寫作測驗很相似。另外，TOPIK II 的長篇作文題常考的議題包含經濟、環保、教育、科技等，可以先將這幾個專業、特殊領域的常用單字背起來，就能在寫作部分取得高分。

　　除了這些精準針對考試的技巧之外，也建議平常就多多接觸各個領域的知識，因為韓檢的考題除了變得越來越靈活之外，也越來越接近我們的日常，有些可能是你我在生活中就能接觸到的常識、知識。如果考試時遇到你本來就已經了解的內容或普世價值，可能光看題目中幾個關鍵字，就可以選出答案，尤其是如果遇到題組，皆能迎刃而解。

3 77 獨家的韓檢
準備心法

　　準備韓檢的時候，可能會閱讀一些文法書和單字書。當時我有一個小習慣，就是一邊閱讀，一邊思考如果自己是老師，會認為哪些文法是重點，或是會想要把哪些部分出成考題，並針對那個部分做加強。

　　另外，韓檢也很常出現容易混淆的文法，可以整理出屬於你自己的文法比較表格，將你時常搞混的部分並列出來，幫助自己加深記憶，學習的效果會更顯著。

　　我自己準備韓檢時，在不同階段都有遇過挫折，以下便和各位分享我克服瓶頸的心法！

挫折1：如何跨越初級進入中級的鴻溝

　　初級文法學完，終於開始學中級文法了！卻發現中、高級的文法比初級困難好多，記不起來，也覺得讀起來很無聊。我

建議這時候，不妨先脫離一個人苦苦讀書的環境，使用不同素材、向不同對象學習。

1. 逆向學習法

直接找中級程度的文章、句子來讀，如果真的不會就先猜意思，大概看懂了再回過頭去查不懂的文法和單字，查完之後更要記錄下來，直到會了為止，之後再試著用出來（造句）。

不過，在使用這個方法之前，要先確定自己已經把初級文法和單字記熟，否則基礎不穩，要猜也很難猜。

2. 找網路教學影片來看

在 YouTube 或其他學習網站上，找中級範圍的文法教學影片來看，可以輸入關鍵字，例如「TOPIK 중급 문법」（TOPIK 中級文法），或是某兩個相似文法的「비교」（比較）、「차이」（差異）等，會更精準找到想了解的部分。

相較於自己悶著頭讀書，看專業老師的教學影片可以更有效率，更有系統性地學韓文。缺點是網路上的免費中文教學影片不多，比較多是全韓文或英文講解；優點則是可以有效降低對於文法書繁瑣內容的煩躁感，轉換一下吸收的方式和素材，就不會那麼想在這階段放棄了。

3. 勇敢請教韓文比自己好的人

　　自學卡關時，可以把想不透的問題拿去請教別人，這樣一定會比自己想破頭卻想不出答案，來得更快也更有效率。

　　《全圖解！厲害的人如何學？》書中提出一個概念：「如果你想要學會一個領域的東西或技能，直接去請教那個領域的專家，請他為你解惑，會最快、最有效率也最正確。」回想起來，我當初在這個階段碰壁時，幫助我撐過去的方式之一，就是直接拿著不懂的地方詢問身邊的韓國朋友，或是也可以請教韓文比自己好的人，畢竟「三人行，必有我師焉」，周圍的人都可能是幫助你韓文進步的學習好夥伴與老師。

4. 常常與韓國人相處

　　從初級到中級的門檻，我發現我有一個很特別的地方。雖然我知道自己的韓文還沒有很流利，也還沒達到可以輕鬆跟韓國人交流的階段，**但我還是對於「實際使用韓文」這件事有著極大的渴望，遇到韓國人時會希望用韓文和他們交流、對談，**不會因為沒有自信而退縮，不敢和他們交談。

　　如果你發現自己會因為害怕韓文不好、文法錯誤，而不敢接近韓國人，還是可以試試，並在試著接近的同時，肯定這樣勇於嘗試的自己。藉由接近韓國人，除了可以體驗實際用韓文

跟韓國人聊天到底是什麼感覺之外，或許你也會因此改變對自己的認知，並對自己的進步感到自豪。所以最重要的是，跨出那一步，改變。

不過，像現在這樣的疫情時代，在日常生活中可能更難遇到韓國人，這時候就要比過往更積極地尋找機會。例如，可以參加定期舉辦的語言交換聚會；關注學校的國際合作組（全球事務處）或華語中心等處室的布告欄，有沒有人有語言交換的需求，甚至自己主動張貼、徵求語言交換夥伴；常常光顧由韓國老闆開的店，也有機會和老闆或店員用韓語交流哦！

如果覺得這些行為太大膽，也可以嘗試在網路上認識韓國朋友，運用交友軟體、臉書社團，張貼自己想要面對面語言交換的訊息。另外，KakaoTalk 也有公開的聊天房間，可以進去認識韓國朋友。只要是有心想要練習韓文，便不會受限於疫情和時空背景！

挫折 2：卡關在 TOPIK5 級

寫作成績的高低攸關著 TOPIK II 總分的高與低。有一段時間，我遲遲無法從 5 級考到 6 級，在作文上面總是無法突破，當時覺得很氣餒，也不知道要怎麼脫離這個窘境。

於是我開始尋找網路上的韓檢作文範文，閱讀之後，思考寫作者是如何將文法運用在句子中，以及有哪些很常出現的慣用語等。再來利用《HOT TOPIK 新韓檢：TOPIK II 中高級寫作速成攻略》一書，挑選幾篇不同領域的範文，模仿書上的寫法，一個禮拜大約寫三、四篇，再拿給韓國朋友改，把範文例句的寫法和格式練到變成自己的。

另外，畢竟韓檢作文是書面語，平時也可以多看報章雜誌的寫法，**「增加閱讀量」是提升寫作能力的不二法門**，因為腦袋要先輸入各種用法、表達方式，需要時才有足夠的名言佳句或書面慣用句型能使用。

我發現，若想要克服寫作的障礙，唯有按部就班的練習，並廣泛接觸不同領域的題目，讓自己不會再那麼心慌，考試時才能駕輕就熟，不會在短暫的考試時間內毫無頭緒。

在這次的挫折經驗中，我深刻認知到寫作是準備中高級時最需要熟練和花費心力的部分。因為每次的題目都不太一樣，很考驗個人的詞彙量、靈活運用文法的能力，再加上韓文有分成「書面語」和「口語」（詳細說明見 P.126），必須分清楚這兩者的使用方式，才能將寫作分數提高。

有時候，閱讀和聽力只要理解文法的大方向便可以推敲出答案，遇到不會的單字還能依照前後文去猜測；相較之下，寫

作真的困難許多，但也能真正體現出自己的韓文實力。

挫折 3：陷入追求高分的漩渦

第三次挫折發生在我通過 TOPIK6 級後，再考一次卻發現成績不如預期。

在這次的挫折經驗中，我體會到考試結果會因為當下狀態、準備充足與否而有些微差異，縱使韓文已經有一定的實力，還是不能掉以輕心，一定要在每次考試前盡全力衝刺，才能發揮自己最好的實力。

從初學韓文到後來，我發現自己考韓檢時會出現一種想法，目標不是為了考過 6 級，而是開始追求以「幾分」通過 6 級，或是作文應該要考幾分才算是考好，得失心變得比以前還重，有時更會因此失常。

這樣其實很危險，因為在意分數永遠在意不完，永遠都會為那幾分而斤斤計較，況且韓檢作文幾乎無法拿到滿分，所以根本沒有達到「最高分」的一天。我們能做的，只有在每次考試盡量突破自己的極限，拿到自己心目中認定的「高分」。但還是要注意，不要讓自己過於關注在分數上，容易失去學習韓文的初心，畢竟我們是為了學好韓文而讀書，並不是為了考韓

檢而讀書，如果沒有意識到自己對於分數的得失心，因此本末倒置，失去信心，那會非常可惜。

有時候，心態如果沒有調整好，也容易陷入跟別人比較的漩渦中。**考韓檢其實是為了檢驗自己的韓文程度，或是為了知道自己還有哪些不足**，韓檢分數並不是拿來當作與他人比較的工具。如果總是拿分數與他人比較，很容易失去學習韓文的方向與動力，最後如果因此放棄繼續學韓文，那就得不償失了。

挫折 4：給自己太大的包袱

後來，我為了達到自己期望的分數，又不死心報考了一次韓檢，但由於那時剛好遇到碩士班學期中，沒有太多時間可以認真準備，只在前一天稍微翻了一下作文練習本，看了幾篇範文，就去考試了。果不其然，真的考得不甚理想。

當時其實很挫敗，因為自己身為一個韓文所的學生，又是韓文老師，實在不敢相信考出來的分數會遠低於自己預期的分數。還記得那時候我查完成績，因為大受打擊，便打電話給另一位韓文老師波咚，向她傾訴，她雖然安慰我好一段時間，但在那之後，我仍陷入低潮好幾天，無法抽身。

直到某天，我的腦袋像是被打到一般，啪的一聲突然醒悟：

「不對啊，我現在讀的這些韓文專業知識，韓檢都不會考，但不代表這些知識不是我的韓文能力，或是對學韓文沒幫助吧？」於是我開始轉念，我發現，韓文學習不應該被一次次的韓檢定義，我更需要在乎的應該是——**我到底學了多少，以及未來我能實際應用多少在生活中**。其實，就算考試有達到自己的理想分數，韓文的學習也不應該被幾次的韓檢成績所限制，我對於韓文的熱情與耕耘成果，也不該被他人或考卷所定義。

　　直到此刻，我才真正發現，我在學習韓文的過程中，學到的不僅僅是韓文這個語言本身，更多的是對於學習新知的態度，以及得到了面對困難的方法與勇氣。

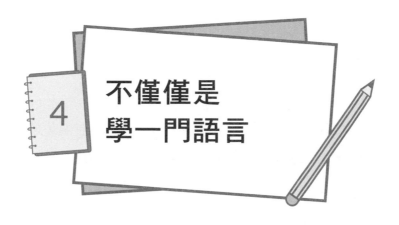

不僅僅是學一門語言

4

學韓文，帶來發自內心的成就感

剛開始學韓文、報考韓檢時，我其實對於考試毫無想法，也沒想過獲得那張名為成績單的紙，能實際為我的未來帶來什麼，只是跟隨著學習韓文的「程序」報名。沒想到，檢定卻讓我從不錯的成績中，獲得意料之外的成就感。對我而言，這是日復一日堅持學習韓文的回報，也是我的動力來源，我也將每次的檢定都當作是學習成果的試驗紙，期待又能看到讓試紙變化的自己。

當我發現我的努力能真實地反應到成績上時，這樣的成就感與踏實感，是只可意會不可言傳的。就算偶有成績不盡理想的時候，我也相信自己能在學習的路上越挫越勇。

除了成績帶來的成就感與踏實感外，與韓國朋友交流更開擴了我的眼界。學韓文以前，我總覺得「交外國朋友」跟我的

生命無緣,但學了韓文後,韓文成為我與外國人之間的橋梁,除了讓我變得比從前更有國際觀,個性也變得更外向、喜歡交朋友,打從心底對自己的所作所為感到自豪。

　　一個人身上的每種能力都是能互相影響、成就彼此的。當我開始對韓文感興趣,盡自己所能學到了一個階段,把這個興趣變成日常生活的一部分,甚至讓它變成自己的亮點,成為自己的專業實力,也意外產生了很多正面效應,例如:在完全沒預料到的情況下,使用自己那微不足道的韓文能力幫助他人;以學好韓文的自信心,趁勢開始挑戰學習其他語言(像是日語、印尼語、泰語等);有機會從事以前無從接觸的工作,獲得比以往更好的待遇等,族繁不及備載。

　　透過學習一個語言,我們能更加了解與自己相異的文化,從不同於以往的視角看待事情、認識與我們全然不同的價值觀,進而提升思考事情的層次,不受原先語言文化背景的限制,甚至是能加以融合、生成新的價值與觀點。

　　當學習能力與自信心提升,便能發現自己其實擁有更高的價值或潛能,因而發自內心地感到快樂和幸福。

　　在馬斯洛(Abraham Maslow)的需求層次理論中,人們需求的最高層次是「自我實現」與「追求卓越」。從一開始,我只是對韓國文化有興趣,然後一步步學習韓文,接著變得想深

入了解更多韓文知識，直到現在，我追求的已經不再只是韓檢分數的高低，而是各式各樣與韓文相關的經驗，舉凡讀韓文研究所、鑽研學術知識、深究韓國的社會文化和風土民情。對於知識的探尋慢慢由淺至深，而後，在不斷學習的過程中，我擁有了想成為專業韓文老師、斜槓韓文知識傳播者的長遠目標。

如何持之以恆學下去？

找到最適合自己的方式

在學韓文的初期，先評估自己以往學習時常常使用，或你認為適合自己的學習方式，舉凡去補習班上課、自學、看網路教學影片、讀韓語學習書、寫筆記的方式，這些都需要一段時間去適應、磨合，學習如何與讀韓文的自己相處。因為學習每項技能、每個語言，會出現的狀況和需要克服的困難都不盡相同，需要自己慢慢探索。

找到最有效率的讀書時段

每個人的生理時鐘、睡眠、飲食習慣都不太一樣，因此每

個人適合讀書、最有效率的時間也都不一樣,有人可能是早上起來效率最好、最能吸收,像我已經習慣當夜貓子,半夜可以很有精神、有效率地讀書,甚至是半夜才寫得出東西。這個沒有對錯,端看你怎麼規劃自己一整天的時間。

每天接觸韓文,不懂就查到底

當然,學韓文最理想的狀況是,每天都能沉浸在全韓文的環境裡,但因為我們不住在韓國,只能盡量創造出有更多韓文的環境,幫助自己融入韓文的世界。

像是早上起床可以固定聽韓國廣播電臺,搜尋韓國的YouTube影片來訓練聽力,或是在看韓劇、韓綜、韓國電影時,將聽到的慣用句子記錄下來,供往後使用。雖然在聽廣播時,不一定會聽到自己有興趣的新聞或節目內容,但就是因為「無法選擇」內容的特性,我們才有機會接觸、吸收那些我們難以預測的資訊與知識,有助於擴充單字量及提升聽力。

在這期間,如果有遇到不懂的地方必須馬上著手查詢,而且要查到底,不能放過任何不會的單字或文法,直到完全弄懂、學會為止。

思考學韓文的意義與最終目標

你有想過為什麼要學韓文嗎？是為了求職，還是個人興趣呢？還是希望學了韓文之後可以獲得什麼？抑或是達成什麼里程碑呢？

如果你知道自己學韓文是為了一個「明確」的目標或願望，不論是和喜歡的明星用韓文交流，或是想到韓國工作，就算是個很異想天開、很荒謬的理由，也都不打緊。**重點是那個目標必須是你渴望達到的，且最好是有可能實現、達成的**，這樣願望才會具體、學習才會更有動力，因為你會知道自己追求的是一個可能實現的目標，而不是虛幻且遙不可及的夢想。

在學任何新技能或是語言時，若是能以開心快樂的心態去接觸、學習，便會事半功倍、效果顯著，學習韓文也是如此，如果你覺得學習韓文的過程很痛苦難熬，可能也無法撐到開花結果的那天。

我認為讀書是一個了解自己的過程，每個階段都要摸索最適合與自己相處的方式，你也會需要知道自己什麼時間有精神、在什麼狀態下可以吸收最多的知識，以及怎麼有效率地完成進度，還要時時關注自己的學習狀況，並加以調整與改善。

甚至到後來，你會發現你變得有點像自己的家教老師，開始幫自己排進度、告訴自己需要哪些教材，問自己現在需要什麼、想要什麼。最後，會發現讀書還是要靠自己，他人只能跟你分享他走過的冤枉路，當你的前車之鑑，或是偶爾充當黑夜中為你指引道路的燈塔。就像是爬山，旁人只能在身邊遞水與遞毛巾給你，偶爾為你加油打氣，至於登頂，還是要靠自己。

Chapter
2

為什麼要整理
自己的韓文
筆記？

5 寫筆記，打造學習儀式感

　　你可能會很疑惑，怎麼會有一本書要教你如何寫自己的筆記，筆記不都是自己寫看得懂就好了嗎？或是把上課的重點寫在課本空白的地方也可以，根本不用另外特別整理出來，聽起來超浪費時間啊！

　　但想想看，韓文並不是學校的必修學科，也不像英文，臺灣的學生們從小到大已與英文抗戰多時，就算內心不想學，還是很容易接觸到。而韓文，如果不特地預留時間或空間，在生活中騰出一個專屬於它的位置，便可能常常因為忙於其他事情，而半途而廢，著實可惜。

　　在幫助大家整理自己的筆記前，先來了解整理韓文筆記到底有哪些好處吧！

培養學習的儀式感

　　如前面所述，韓文並不是必修科目，是需要額外花時間去學習的。但因為現代人生活繁忙，上班族不是加班到很晚，就是常常需要照顧家庭，或發展副業，處理生活上的大小事。如果沒有極大的學習熱忱或毅力，很難讓自己靜靜地待在書桌前讀書。這時候，培養學習韓文的儀式感，幫助自己養成習慣，就顯得更加重要！

　　如何培養學習韓文的儀式感呢？我推薦三種方式。

每天固定時間吸收韓國新聞

　　不論是聽韓國廣播、看韓國新聞臺 YouTube、閱讀韓國報紙，都可以學到新聞與正式用語，順便培養韓文聽力。此外，也可以定時收聽串流平臺的韓國 Podcast 節目，讓韓文在每天的固定時間環繞於你的周遭。

1. 推薦韓國廣播 APP：MBC 廣播。
2. 推薦韓國新聞臺：MBC、SBS、KBS。
3. 推薦韓國報社：韓國六大具公信力的報社，包括《韓

民族日報》（한겨레）、《中央日報》（중앙일보）、
《朝鮮日報》（조선일보）、《東亞日報》（동아일보）、
《首爾新聞》（서울신문）、《京鄉新聞》（경향신문）。

　　如果想要找特定報社的報導，在 NAVER 搜尋時可以用進階功能進行篩選，按順序點選뉴스（新聞）→옵션（選項）→언론사（媒體）→언론사 분류순（媒體分類排序），便可以優先找到自己想看的報社新聞。或是直接到報社網站看新聞，**報社網頁通常都有中文版，文章內會附上韓文版連結，這樣就能中韓對照著看，了解韓文是怎麼翻成中文的。**

圖 2-1　NAVER 搜尋引擎的新聞搜尋頁面

資料來源：NAVER

圖 2-2　新聞的進階搜尋功能

통합　VIEW　이미지　지식iN　인플루언서　동영상　쇼핑　뉴스　어학사전　지도　⋯

정렬	• 관련도순　• 최신순　• 오래된순	✕

기간　• 전체　• 1시간 ˅　• 1일　• 1주　• 1개월　• 3개월　• 6개월　• 1년　• 직접입력 ˅

유형　• 전체　• 포토　• 동영상　• 지면기사　• 보도자료　• 자동생성기사

언론사　• 전체　• 언론사 분류순 ˄　• 가나다순 ˅

일간지	경향신문
방송/통신	국민일보
경제/IT	내일신문
인터넷신문	동아일보

資料來源：NAVER

每天用韓文寫一篇日記

可能很多人會覺得，自己的韓文還在非常初級的程度，真的可以用初級的韓文文法寫日記嗎？

當然，如果你才剛學完 40 音，甚至連 40 音都還不熟，應該是寫不出來。但如果你的韓文文法已經有了一定的基礎，其實就可以嘗試看看！**透過寫日記的方式慢慢練習寫作的手感**，而且因為寫句子是一種輸出的過程，可以強迫自己使用之前學過的單字、文法，如果遇到不會的地方，也會為了表達出完整

的意思，進而查詢字典、增加單字及文法量，是個額外學習的好機會。寫韓文日記不僅能記錄生活，也能藉此觀察自己韓文進步的歷程，一舉兩得！

每隔一段時間整理一篇筆記

除了前面兩種培養韓文學習儀式感的方式以外，我最推薦的學習方法，就是每隔一段時間「主動」整理一篇韓文筆記。

為什麼要強調「主動」呢？我認為，整理筆記可以分成「主動」與「被動」兩種形式：

1. 主動整理筆記

一篇筆記，從標題、內容到格式，根據自己所希望達成的學習效果與目的，由自己主動發想，尋找、蒐集適合放入筆記的內容與資料，彙整到筆記本中。

2. 被動整理筆記

看到參考書、韓文課本、補習班講義上標列的重點，另外謄寫、整理到自己的筆記中；或是在寫韓檢考古題時發現哪些單字、文法是自己不會的，檢討訂正後，將單字和文法重點、常錯的題目整理到筆記中。

　　當然，這兩種整理筆記的方式都存在的必要性，但是以我過往的經驗來看，「主動」整理筆記後所獲得的知識量或學習深度，遠遠大於「被動」整理筆記。因為，為了找到筆記內容所需的資訊，或完善整體的筆記內容，你會開始嘗試各種方式、運用各種工具去蒐集資料，嘗試搜尋各種網站，以求獲得更多的資料，到最後會變得不只是整理筆記而已，而是開始建立屬於單字的資料庫、百科全書。也會在找尋資料的過程中無形提升了自己的實力，培養更加積極的學習態度。

擁有專屬自己的韓文學習紀錄

　　凡走過，必留下痕跡。在課本、參考書、題目本上，勢必會留下我們學習的點點滴滴，但就跟日常一樣，若是沒有留下照片、寫成文章，記錄在社群網站或日記本中，隨著時間的流逝，這些零碎的生活片段，終究會被遺忘。

　　韓文學習亦是如此，若是沒有刻意把自己努力的成果與點滴，整理在同一個地方，往後要回頭查找，就容易海底撈針、無跡可尋。就像人類是透過文字、圖像紀錄，才能累積並建立起自己的文明，我們如果也能建立屬於自己的韓文筆記系統，

甚至領悟出適合自己的學習與處事準則，對於未來無論進修或
是工作安排，都會非常有幫助。

複習時有精簡的資料

　　很多人在考韓檢前，常常會沒有複習的方向，因為課本和
參考書通常都很厚重，內容太多、太雜，待整理的部分不少，
而且 TOPIK II 沒有限定範圍，所以準備時常常會是無頭蒼蠅
的狀態。若是考前不久還在拚命閱讀市面上的參考書，可能會
覺得心慌慌，此時如果有一份自己整理的學習筆記，在複習時
將會方便輕鬆許多，不至於迷失方向。也因為這些筆記都是自
己的學習精華，最適合自己，所以能在反覆複習的過程中，達
到最大的學習效果。

記錄常犯錯的文法或單字

　　這屬於「被動」整理筆記類，當遇到不熟悉的單字、容易
搞混的文法，或是有些已經學過但還是不甚了解的文法時，所
整理的筆記內容。在考試前，這種筆記真的不可或缺，考前需
要反覆地複習自己不熟、容易錯的地方，提醒自己不要再犯同
樣的錯誤，降低考試時因為粗心大意而寫錯的機率。

踏實地持續進步

　　整理筆記有個很大的好處是，可以藉由這份「學習紀錄」，一點一滴地累積自己，每寫一篇都是一個全新的學習經歷，也是一種只屬於自己的韓文體驗。有些知識需要經過時間的淬鍊，持續不斷地吸收、理解與累積，才能正確且牢靠地將這些內容儲存到腦袋的長期記憶區。

　　經過一段時間的努力，**往回翻看之前寫的內容，可能會發現筆記當中有一些當時無法發現的錯誤**，此時你就會認知到現在的自己已經截然不同，如果能從過往的錯誤中看見進步的自己，代表努力的歲月授予了你進步的勳章。

加深印象

　　在整理、書寫筆記的過程中，可以增加自己對特定知識的印象，有點像反覆在腦袋裡複製貼上，讓我們不得不將這些內容儲存到腦袋裡，而這跟人類的記憶編碼有關，會在下一篇「韓文單字記憶法」中進一步說明。

6 韓文單字記憶法

我們的記憶在哪些情況下會停留得比較久呢？一段記憶的形成，會經過以下的過程：處理→編碼→儲存（形成短期記憶、長期記憶）→長期記憶→提取記憶（重組記憶）。

編碼時，會處理掉對自己來說不重要的訊息；而提取記憶時，會重組記憶，因此最後提取出來的記憶不會百分百真實。

人們在記憶資訊的時候，傾向記憶以下五種訊息：

1. 會讓自己集中注意力的訊息。
2. 自己有興趣的訊息。
3. 激起自己情緒的訊息。
4. 與自己過去經驗有關的訊息。
5. 一再複誦的訊息（包含維持性複誦、精緻性複誦）。

　　當訊息處理得更深入，與自己先前的經驗、記憶有更多連結，或者賦予更多意義，記憶就會更深刻。

　　如果將記憶形成的概念套用到背韓文單字的時候，我們實際上可以運用哪些方法來加強記憶呢？我整理出六種單字記憶法，有的是我最常用的，有的是我比較不推薦的。

主題式聯想法

　　將某一個主題的相關單字統整在一起。例如：要背꽃（花）的主題時，盡量把所有聯想得到和「花」有關的單字找出來，統整在筆記本上。這樣在記憶時，能加深對同一個主題單字的印象。

　　如果有自己的主題式筆記，就可以用主題式聯想法來背單字了。

字首字尾、字義、字音聯想法

　　韓文有很多字代表特定幾個意思、相對的漢字音，可以先猜測可能有哪些字符合規則，再去查字典。

　　例如학교（學校）的「학」是「學」的漢字，就可以聯想有「학」這個元素的單字，一起背起來。

圖 2-3　학교的聯想單字

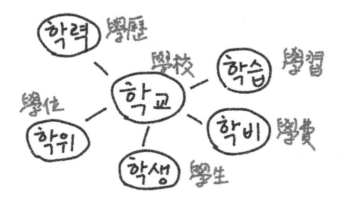

　　가다是「去、走」的意思，可以查詢還有哪些單字也有「가
다」的元素，一起背起來。如果想要知道更多類似的單字，可
以利用 NAVER 國語辭典的「近義詞／反義詞」，做延伸學習
與補充（見 P.112）。

圖 2-4　가다的聯想單字

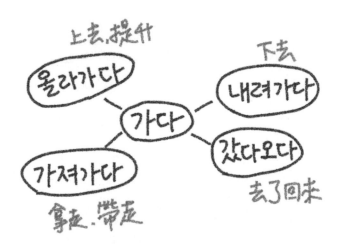

猜測記憶法

　　在日常生活與韓國人對話，或在韓綜、韓劇、YouTube 影片、新聞、文章、書籍中遇到陌生單字時，先猜是什麼意思，再查字典確認並記憶。特別是漢字詞，用這個方法效果更好！

　　例如：遇到「복제」，先用發音猜可能是漢字詞，音近似「複製」，再去查字典確認意思。

傳統背誦法

背誦坊間韓文書、補習班教材提供的單字表。較不推薦只使用這種背誦方式，因為沒有在腦袋裡把知識定義或連結起來，很容易忘記。

寫爆考古題

如果目標是通過韓檢，因為有限定的範圍和級數，方向比較明確，可以從題目中出現的單字著手，多寫考古題，就會發現有些單字很常出現，那些單字很可能就是必考單字，如果還不確定意思，就要查字典弄懂。

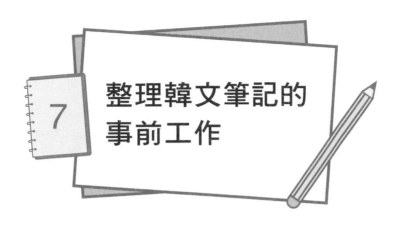

整理韓文筆記的事前工作

7

在開始整理韓文筆記前,有哪些需要注意的地方呢?

了解自己的學習目標

　　如第一章所述,在學習韓文前,要先釐清自己的學習目標;同樣地,在整理韓文筆記前,若能釐清自己的目標是最好的。我們可以運用以下幾個學習動機理論的觀點來自我評估,你的韓文學習動機是什麼。

融合型動機 vs 工具型動機

　　加拿大心理學博士羅伯特・加德納(Robert Gardner)將人們學習外語的動機分為「融合型動機」和「工具型動機」。融合型動機是指因為喜歡這個語言,或是想要融入這個語言背

後所代表的族群，而產生學習動機，並不是為了某種特定目的
而去學習。例如：因為想要認識韓國朋友而開始學韓文，或
是單純因為喜歡韓文而開始學習，學習的目的僅是為了語言
本身。

工具型動機是指為了某種特定目的，像是考試、工作、生
涯規劃、考取證照等，欲獲得一些具體的東西，而去學習語言。
例如：為了去韓國留學，為了取得韓檢證書，可以找到更好的
工作等。

內在動機 vs 外在動機

內在動機是指發自內心想要獲得讀書後、學會韓文的滿足
感，而不是因為外在因素，促使自己學習。外在動機就像是如
果韓文學得好，可以獲得獎學金去韓國留學，或是可以獲得他
人的讚美和崇拜，獲得獎賞等，因為外在的因素和誘因，而驅
使自己努力學習。

知道了以上兩種對於動機的定義，現在就來自我評估一
下，你對於韓文的學習動機是哪些吧！

你認為自己擁有融合型動機還是工具型動機？或是兩者兼具？你認為自己擁有內在動機還是外在動機？或是兩者兼具？

韓文學習動機自我評估表

	認為自己擁有這個動機的原因
融合型動機	
工具型動機	
內在動機	
外在動機	

充分了解自己

在學習韓文前，也要充分地了解自己現在的身心狀態，這樣才能在學習的過程中更有效掌握進度，也不會因為一時的考試失利或不順遂，而沮喪放棄。充分地了解自己，有助於未來運用自己各方面的優勢學習，達到事半功倍的效果。現在就讓我們來聊聊，學習韓文前需要了解自己哪些層面吧！

個性

你了解自己的個性嗎？思考看看，你以往處理事情、工作時，通常是怎麼完成的呢？是一被分配到任務，就馬上去執行並完成；還是你是拖延症患者，常常把事情拖到最後一刻才去執行呢？你覺得你是個自律的人嗎？

並不是說接到工作馬上就去完成，或是能按部就班把事情完成才是最理想的工作狀態，每個人會因為過去經驗或生活模式不同，在處理事情的方式上產生差異。**釐清自己的處事個性後，就可以利用自己這些特點，來完成事情或達成目標**，像是「把韓文學好」或「考過 TOPIK」等。

只是這樣說明，你可能會覺得很抽象，也許你根本不太了解自己的個性，或是以前從來沒有想過這類問題，這樣是不是就學不好韓文了呢？並非如此。就算無法完全掌握自己的個性也沒關係，只要先把你目前能想到的特點列出來就好。例如：

> 我的個性──會在一些小細節固執、一旦制定計畫就會想辦法完成、絕不擺爛、做事時容易沒耐心……

　　列出來之後就有具體的方向，可以去思考如何控制這些會影響韓文學習的因子。像是可以把自己會在一些小細節固執這個特點，運用在檢討韓檢題目上，規定自己對於題目中的每個選項都要固執到底，堅持理解每道題目，不弄懂絕不罷休；或是利用一旦制定計畫就會想辦法完成的個性，安排自己同時做多一點事，反正你知道自己最後一定都會完成。學習時也要提醒、鼓勵自己，完成計畫是忠於自我的表現，若是完成也會對自己更有信心，形成一個正向的循環。

　　如果知道自己做事的時候容易沒耐心，就可以安排每次的讀書時間不要太久，在讀書過程中觀看一些相關內容的影片，或是穿插一些能讓自己心情愉快的影片，適時地休息、調整思緒，不要一直處於學習的緊繃狀態，看完影片再繼續完成進度。當然，若是看影片很容易讓你分心，難以回到學習狀態，可以用別的方式放鬆一下，像是到戶外走動、晒太陽或是上個廁所，都能有效轉換心情，提高專注度與效率。

　　在學習時，因為要將新的、腦袋裡不曾出現的東西輸入自己的腦袋，勢必會經歷一連串舊知識與新知識在腦中打架的階段，在這個過程中，其實也會更加了解自己的個性；甚至可能因為學到了新知，打破以前的既定觀念，而改變了原先的個

性。在反覆評估、思考、和自己對話的過程中,可以藉由調整、善用自己的特質,達到你想達成的目標。

短、中、長期規劃

在開始學韓文前,還要先確認短期、中期和長期的規劃,是不是真的有時間可以將韓文學習安排進去。如果發現自己短期內有其他要更優先處理的計畫,可能就不能一次安排太大量的學習內容,可以先採取少量學習的方式,慢慢完成學習進度。如果確認完自己各階段的規劃後,發現必須在某個階段將韓文學到特定程度,就需要認真規劃韓文的學習進度。

就我個人來說,短期計畫可能是一個月或近三個月,大約一個學期的時間,我不會很仔細地規劃近三個月來每天要做什麼,但我會設定明確的小型目標,像是考韓檢、修完〇〇課程、或是要讀完哪些書等。

中期計畫的話,會是一年左右的規劃,我會大致思考這一年我要完成幾項中型目標,像是申請交換、確定碩士論文題目、開設韓文課等,這類需要一段時間準備才能達成的目標。

在規劃長期計畫的時候,我會思考未來我想要成為一個什麼樣的人,並以此做為目標,往回推想我需要做哪些前置作

業。舉例來說，我未來想要成為一個專業韓文老師，所以我必須安排一些教課和進修的規劃，或是閱讀哪些書目等。**我建議目標越「具體」越好，但計畫的內容不要寫太細**，因為如果不小心沒有達成計畫，可能會有挫折感，所以可以擬訂大方向的概念，比較好達成，也會讓自己獲得成就感，進而願意繼續執行下去。

1. 77 的各階段規劃範例

短期目標	考韓檢、修完〇〇課程、讀完 XX 書、寫一篇小論文
中期目標	申請交換、確定碩士論文題目、開設韓文課
長期目標	成為專業韓文老師

2. 我的各階段規劃

短期目標	
中期目標	
長期目標	

讀書習慣

　　思考一下，從以前到現在，若待在書桌前讀書，你有哪些讀書習慣呢？舉凡上課後一定要回家複習、預習，抑或喜歡在

咖啡廳讀書，或是寫題目的時候一定要轉筆等。可以用下表進行自我評估：

我的讀書習慣

人（一個人、和朋友一起）	
地（咖啡廳、家、圖書館等）	
物（必要物品）	

　　同時，讀書習慣也包括自己適合在什麼時間點讀書，我們最好先了解自己的生理時鐘，一天中哪個時段的精神最專注，也容易把讀到的東西記在腦袋裡。每個人適合的讀書時間不盡相同，有些人是晨型人，早上最能集中注意力，有些人可能是夜貓子，必須在夜深人靜的時候才能專心閱讀。並不是早起讀書就是最好的學習模式，找到自己適合的時間比較重要！

　　可以先問自己兩個問題，來了解你的生理時鐘狀態：

1. 習慣在白天還是晚上讀書？在哪個時段精神最好？
2. 要怎樣才能專心？通常會讓自己分心的原因是什麼？

外語學習習慣

你以前在學習任何外語時，經過了哪些步驟？可以用我們從小學到大的「英語」來思考，雖然英語和韓語是完全不同的語系，但其實學習的方式異曲同工，可以試著思考之前是如何背英文單字、理解文法概念，或是如何靈活運用學到的所有單字和文法，寫成一篇完整的英文文章，這些大大小小的技巧，都可以在經過歸納統整後，變成學習韓語時的基礎。

若是以往學習英文的狀況不甚理想，也不要因此氣餒，可以藉著這個機會重新修正學習外語的方式，況且韓語和拉丁語系不同的是，韓語畢竟是漢字文化圈內的語言，跟中文、漢字有著極大的關聯，所以學習的方式和難易度也會與英語不同，所以還是可以給自己一個挑戰的機會，嘗試看看。

我的外語學習習慣

慣用的 單字背法	
文法整理 方式	
聽力練習 方法	

除了了解自己的讀書習慣、外語學習習慣外，在讀韓文時也會需要擬定一個專屬韓文的讀書計畫。接下來便以我的讀書規劃方式為例，各位可以試著將以上的評估結果納入考量，試著找出最適合自己的讀書規劃方式。

「區塊式」讀書規劃法

我以前其實不太會規劃讀書進度，結果不僅讀書計畫無法確實執行，做起事來也常常事倍功半。回想起來，原因正是出在沒有目標、對未來沒有特別的規劃，再加上所做的讀書規劃表並不真正適合自己。

在使用前述方法評估過自己的各階段規劃、讀書習慣和外語學習習慣後，我了解到自己不適合使用時段式的分配方法，也就是某個時段做○○、某個時段做●●的時間分配方式，因為之前按照時段來劃分，卻往往無法在預定時間內完成進度，反而變成額外的壓力。因此，我改成使用「區塊式」的分配方法，來規劃韓文讀書計畫，規劃步驟如下：

步驟 1：列出所有待辦事項

在一開始就把所有已排定的待辦事項列出來，除了須讀的書、須完成的作業、考試日程，還有所有須完成的雜事都要列出來，一起做規劃。

步驟 2：確認截止日期

把各個事項的截止日期標出來，開始設定每個計畫要在什麼時候之前做完。並且預留一些彈性時間，休息很重要！

步驟 3：區塊分配，先大再小

再將待辦事項分配到不同天。一天安排一兩件大事項為主，剩下的時間可以用小事項填滿。完成大事項後，再把小事項處理完，就會很有成就感。

步驟 4：執行並調整

試著執行自己規劃的計畫表，如果在執行的過程中發現有困難的話，可以邊做邊調整，直到這份計畫表完全適合自己。

另外，要特別注意的是，在規劃讀書進度的時候，盡量不要一次規劃超過一個月的事，因為如果在這一個月內發生大變化，之後要修改計畫會變得很麻煩。建議將這個方式運用到週計畫中，先將待辦事項列點，然後安排到一週的七天中，這樣調整比較彈性。但同時要提醒自己，這週就是要把這些事完成，一週之間不管怎麼調整都沒關係。

　　使用這個方式規劃讀書及待辦事項有一個非常大的好處是，可以明確知道進度會在哪個時間區塊解決，有效降低焦慮感。如果當天已經完成原定進度，又額外完成更多進度，會更有成就感，這很重要！

圖 2-5　週計畫範例

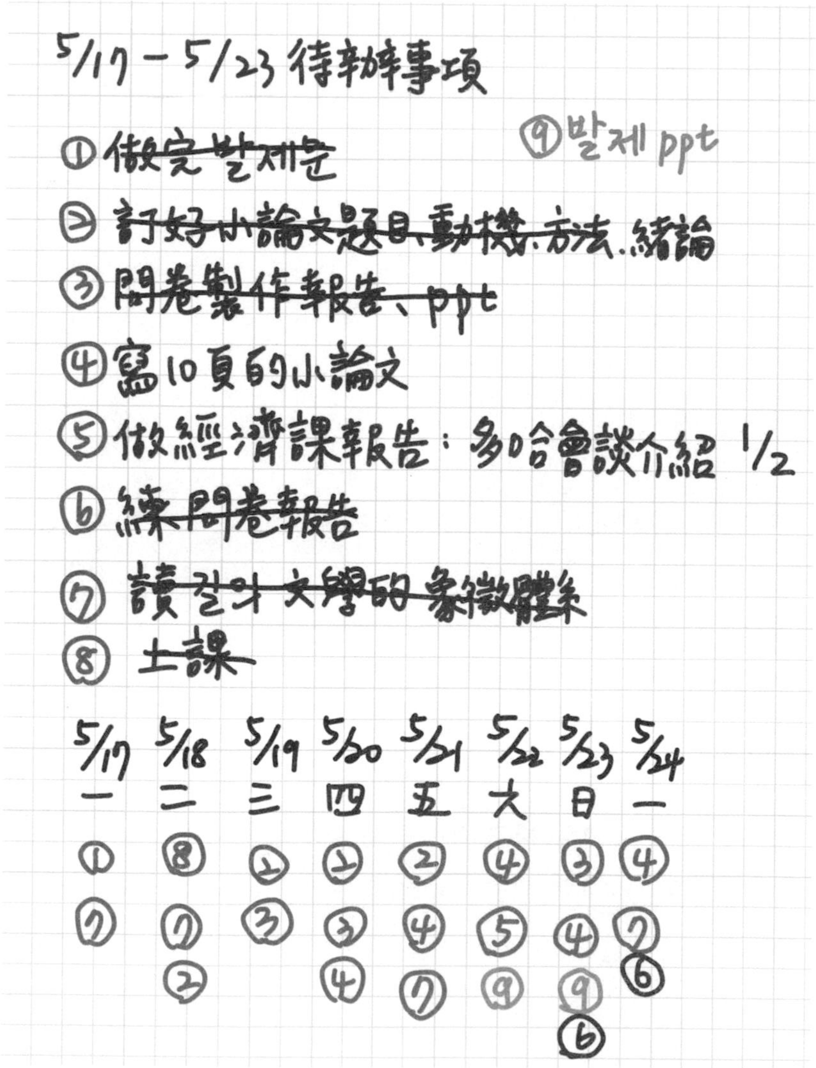

5/17－5/23 待辦事項

① 做完 발제문　　　　　　　⑨ 발제 ppt
② 訂好小論文題目、動機、方法、緒論
③ 問卷製作報告、ppt
④ 寫10頁的小論文
⑤ 做經濟課報告：多哈會談介紹 1/2
⑥ 練 問卷報告
⑦ 讀 길의 文學的 象徵體系
⑧ 上課

5/17	5/18	5/19	5/20	5/21	5/22	5/23	5/24
一	二	三	四	五	六	日	一
①	⑧	①	①	②	④	③	④
①	①	③	①	④	⑤	④	①
	②		④	①	⑨	⑨	⑥
						⑥	

77 的韓文讀書規劃法

其實我的韓文讀書規劃方法跟平常的讀書規劃方法異曲同工，安排時間的方式是差不多的，較大的差別在於讀韓文時會有一個很明確的目標，例如要通過 TOPIK 或其他韓文相關檢定。但如果你學韓文只是做為興趣，一樣可以依照我前面提到的方式，按照自己的步調慢慢規劃。

步驟 1：訂定主目標

訂定一個主要的韓文學習目標，像是考到韓檢幾級、能夠到韓國無障礙地使用韓文旅行，拿到交換資格或留學資格等，一個具體能追求的目標。

步驟 2：訂定小目標

再來，以準備韓檢為例，我在準備韓檢的時候會先算距離考試還有多久，再開始訂定具體的細項目標，例如考試前要讀完某幾本書、寫幾篇作文、寫幾篇考古題並檢討訂正等，讓自己有可見且可執行的項目。

步驟 3：區塊式分配小目標

使用前面「區塊式」的分配方法，將具體可執行的細項填入讀書計畫中。

步驟 4：中途評估

在計畫進行到一半時，回頭評估現在的學習狀況，例如拿出之前已經讀過的單字或文法，確認自己是否熟練。

那麼，要到什麼程度才能算是熟練呢？在單字的部分，我認為最重要的是，能使用單字造出正確的句子，寫作文的時候能直覺地想到。在文法的部分，我認為則是能夠說明要在什麼時機使用，常與哪些單字搭配使用，可以分辨相似文法之間的差異，而且跟單字一樣，要能夠運用文法寫出句子。

評估後，就是進行修正和調整，並繼續執行你的韓文讀書計畫。

8 推薦筆記術和整理方向

　　寫筆記有各式各樣的方法，如常見的子彈筆記術、塗鴉式筆記、心智圖等，但是如果要寫韓文筆記，哪些方法比較適合呢？**我認為可以參考這些筆記法，融合成一個最適合自己的筆記方式，或是在不同的情況，選擇不同的筆記方式。**像是「77的韓文筆記」專頁的筆記，主要的目的是整理出一篇篇各自獨立的筆記，因此使用的就是「主題式」筆記法；但在上課的時候，我會看內容與狀況，選擇聽寫的隨意式，或是經過自己腦中快速消化過的條列式筆記。

隨意式

　　看到、讀到或聽到一個知識內容，隨意地抄寫在筆記本上，通常沒有邏輯順序，單純將片段的資訊寫下來。這種筆記

方式可以運用在看韓劇或韓綜，沒有時間思考整理的時候。

圖 2-6　隨意式筆記範例

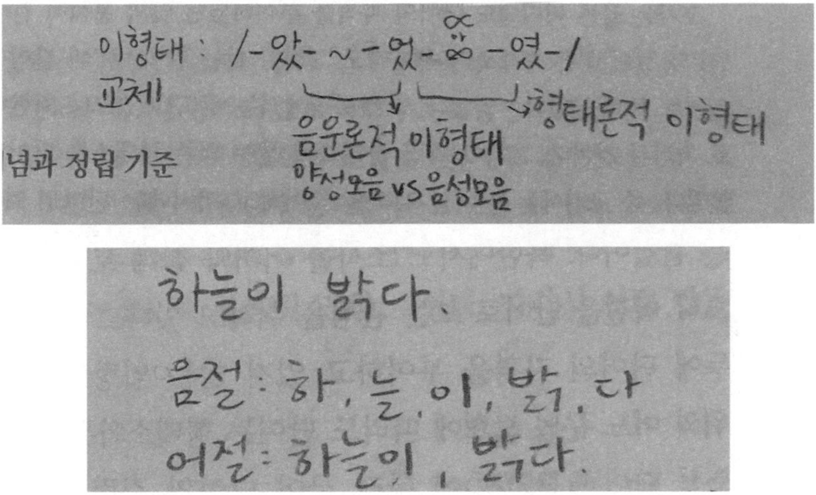

條列式

　　將讀過的文法和單字按照順序條列出來，通常僅會有大標題，例如：文法、單字、常用句型等，這種筆記方式適合在上課時，或是需要快速記錄知識的時候使用。因為在接收到知識、資訊的當下，只須經過大腦少量處理，便能將資訊保留在紙上，但也因為記錄的成分居多，寫完很容易忘記，不過比隨

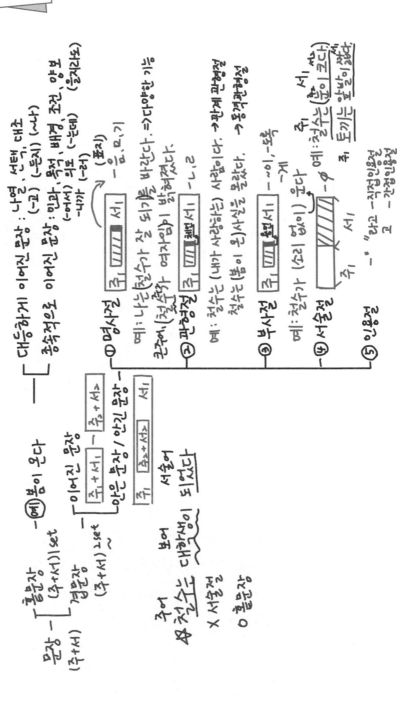

圖 2-7　條列式筆記範例

意式有邏輯許多。但條列式也有種狀況是，聽完老師的上課內容後，回家再經過自己消化分析，統整出一個架構。

主題式

　　顧名思義，就是將筆記整理成一個一個主題的形式，**每個主題都會有一個大標，並且是整個內容的核心概念**，意即主題下面的每則內容都與主題有一定的關聯性。

　　主題式的筆記模式有很多種，像是心智圖、樹狀圖、條列主題式（內容用條列的方式呈現）都可以算是主題式筆記術。我在編寫「77 的韓文筆記」專頁時，之所以會使用主題式的筆記術，除了因為這樣能以一篇篇貼文的形式呈現之外，最主要還是因為這樣具有「意義化」的功能，也就是閱讀這篇筆記的人能夠很明確地知道，這些內容具有共同概念，或是出於什麼意義所以被寫在一起，進而在腦中浮現概念圖像，將這些單字連結在一起，並且能更有效率地記憶。

圖 2-8　主題式筆記範例

韓國行政區域
한국 행정구역
韓國地區貨幣
한국 지역화폐

韓國行政區域 한국 행정구역

首爾特別市　世宗特別自治市
서울특별시　세종특별자치시
仁川廣域市　大田廣域市
인천광역시　대전광역시
光州廣域市　大邱廣域市
광주광역시　대구광역시
蔚山廣域市　釜山廣域市
울산광역시　부산광역시

韓國行政區域 한국 행정구역

京畿道　　江原道
경기도　　강원도
忠清北道　慶尚北道
충청북도　경상북도
忠清南道　慶尚南道
충청남도　경상남도
全羅北道　全羅南道
전라북도　전라남도
濟州特別自治道
제주특별자치도

韓國行政區域地圖
한국 행정구역지도

如何篩選主題？

想要寫主題式的韓文筆記時，要怎麼知道哪些主題是重要的，並且是我們應該自己整理出來的呢？我以單字筆記的主題選擇為例，提供五個參考方向。

參考坊間單字書歸納的主題

如果是新手，可以參考本書，或從市面上的單字書所提供的主題來發想。

生活中，出現頻率高的單字

大部分人都經常使用，容易出現在每個人生活周遭的單字，包括隨處可見的人、事、時、地、物，像是動物、家具、家人、廚房用品、食物、飲料等，日常生活中時常看見、使用的單字。

個人常用的單字

這類單字是以你自己為核心,個人常常遇到或是使用,但他人不一定會經常使用的單字,舉凡你職場上的專業用語、特殊領域的專業用語等。

自己想了解的有趣單字

跟自己的興趣有關的單字,或是有一些不一定派得上用場,但就是會好奇、想要了解的單字,例如韓國的網路梗、或是 KakaoTalk 常用的回話單字等。

流行語或時事單字

這類單字有一個很大的特點是,具有時效性,如果可以在筆記上留一區標示年分,以後回頭看就能知道「哦!原來這年流行這個」,或是「哇!原來這年有這個議題」。統整這些單字的同時,也能知道單字出現的時間線,筆記會變得更有價值,有種單字回憶錄的感覺。

如何持之以恆地寫筆記？

設立一個學習楷模、對象

開始自己整理筆記時，如果過去沒有這樣的習慣，可能會覺得窒礙難行，也不知從何開始。這時候可以在網路上搜尋類似的主題式筆記帳號，像是「77的韓文筆記」，做為參考對象。

當你有了一個簡單的架構概念，並開始嘗試整理，跨出最艱難的第一步，後面就會順利很多了！

再來，也可以多關注有持續更新的網路部落格或帳號，督促自己，也幫自己注入新的靈感。

降低寫筆記的門檻

降低寫筆記的門檻的意思是，讓寫筆記這件事變得不費力、不困難。先思考一下你在開始寫筆記前可能會遇到哪些阻力，也許是寫字很累，那就可以針對這個部分想辦法解決，「工欲善其事，必先利其器」，先找到舒適的書寫工具，幫助你寫筆記的時候不會那麼累，就能讓寫筆記這件事變得簡單一些。

為自己設定誘因

在眾多學習理論中，有個經常被拿來實務應用的理論——行為學習理論（Behaviourist Theory），這個理論主張使用增強（給予誘因、獎賞與移除負向刺激）以及施予懲罰（懲戒與移除正向刺激）來幫助學習者學習。但自學時缺乏老師指導與監督，因此以人性來說，施予懲罰的方式通常會窒礙難行，所以可以刻意製造一些誘因，試著給予獎賞，鼓勵自己學習。例如寫筆記時能一邊喝自己喜歡的奶茶，或是寫完一篇筆記能看一集韓劇等。當然，什麼樣的誘因才能真的幫助自己持之以恆，也跟你是否了解自己有關。

Chapter
3

開始整理
韓文筆記吧！

9 筆記的工具

相信讀完前一章，各位已經對於自己的韓文學習目標和狀況有更進一步的了解，接下來就要開始有系統性地寫出自己的韓文筆記。所謂「主動式學習筆記」是經過主動查詢資料，內容從無到有，由自己編排。反之，「被動式學習筆記」主要是上課時聽老師講述後所寫下的筆記，老師講過的內容會如實呈現在你的學習筆記上。

在寫筆記之前，可以先準備一些常用的工具，像是寫筆記用的筆記本、筆、立可帶、自動鉛筆、橡皮擦等。這邊提供幾個選擇文具時需要注意的重點。

筆記本

如果是寫「主動式學習筆記」，我會建議使用「活頁紙」，樣式推薦空白活頁紙或橫線活頁紙，方格活頁紙也可以，但版

面看起來可能會比較亂。可以實際都使用看看，再選擇寫起來自己比較喜歡、適合的，或是隨著心情更換。我個人比較喜歡空白活頁紙，因為可以更靈活使用整體頁面。

為什麼「主動式學習筆記」要用活頁筆記本，而不是一般封冊的筆記本呢？因為活頁紙最大的優點是機動性非常高，韓文筆記需要整理的單字與文法量非常大，有些主題雖然有固定的單字量，**但因為語言是一門會持續演變的學科，隨著時間推進，常常會有新造語或是流行語的出現。**如果使用一般傳統封冊的筆記本，常常會無法補充新的單字進去，最後你的韓文筆記就會變得亂亂的，看起來毫無頭緒，你也不會想從頭開始整理，到最後就會塵封在書櫃的一角，非常可惜。

如果是寫「被動式學習筆記」的話，因為是上課時跟著老師的講課順序抄寫下來，或是寫題目後用來訂正不會的題目，還有自己平常看書，把不太熟的東西抄下來的筆記，通常不會有一個個特定主題，無論是用活頁筆記本或是一般封冊的筆記本，其實差別不會太大。

另外，可以同時準備好幾本筆記本，每一本分別寫不一樣的類別，大致可以分成：單字類、文法類、社會文化類、考試檢定類等，明確將不同類型的筆記分開來，整理起來會更有效率且整齊。

圖 3-1　活頁紙示意圖

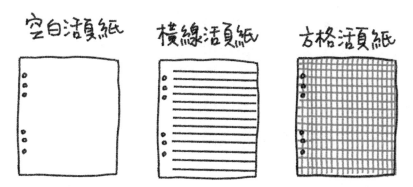

筆

　　除了選擇適合寫「主動式學習筆記」的筆記本以外，寫筆記時也需要一些適合的筆，可以選擇很滑順的筆，能持續書寫而不會覺得費力，這個部分就見仁見智、各有所好了。

　　但是顏色的部分，建議不要一枝筆從頭寫到尾，整體看起來會不知道重點在哪，也沒有記憶點。我習慣使用至少三種顏色的筆來書寫，並不是完全沒有系統地看心情選擇顏色，而是在書寫前先決定好哪些部分用什麼顏色，像我會固定中文用綠色、韓文用紫色，這樣可以清楚地區分不同顏色的使用時機。區分顏色的用意主要有以下兩個原因。

1. 提升筆記的系統性

如果寫筆記之前就將筆記中的不同部分、不同概念，大範圍地以顏色去做區分，這樣將有助於提升筆記的系統性，讓筆記看起來井然有序。以我的單字筆記為例，筆記的主架構一定是韓文單字和對照的中文釋義，所以需要用兩個明顯對比的顏色去凸顯兩個語言的不同，讓閱讀的人能一目了然。

2. 輕鬆將寫筆記的過程「程序化」

對於沒有寫筆記習慣的人來說，提筆開始寫筆記原本就是一項需要克服的挑戰，如果每次開始寫筆記之前，都要猶豫用什麼顏色的筆，又會耗費一番心力。倒不如一開始就排除這個選筆的任務，可以減少一個步驟，降低開始寫的難度。

筆的選色標準

一般來說，我在正文會選擇不讓眼睛疲勞、不會刺眼的顏色，像是偏深的藍色、紫色、綠色、黑色等，我也會讓一個顏色代表一個大概念，例如大標題用藍色的筆，小標題用橘色或亮色系的筆，單字的中文釋義用綠色，韓文用紫色。大家可以選擇自己看得順眼，同時不刺眼的顏色來做搭配。

另外，重點部分可以使用紅色、橘色這種偏亮的顏色，這

樣可以讓筆記的整體視覺看起來舒服，同時能夠凸顯重點，筆記整體呈現出來的感覺如圖 3-2。

　　在做筆記時，通常我會把腦中想到的中文單字先列出來，再填入對應的韓文單字，會按照這樣的先後順序做筆記，主要是因為中文是我的母語，我可以比較容易聯想到很多個我認為是同類的單字，在查詢各種書面或網路資料時，也是能優先查到中文的同類字；反之，如果先寫韓文，就比較不具備聯想的優勢，會比中文困難很多。

圖 3-2　筆記配色示意圖

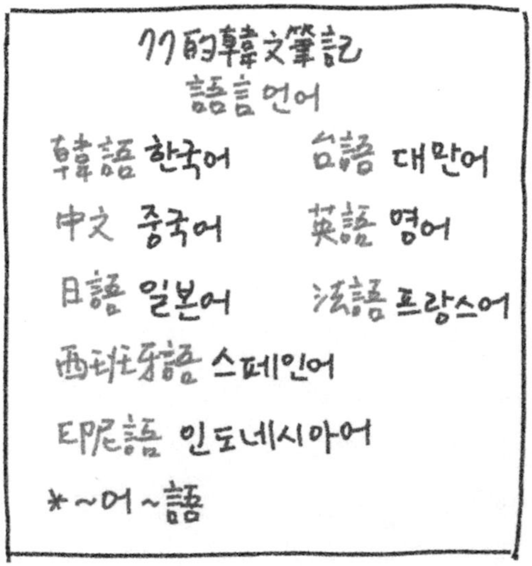

電子版筆記
iPad 的韓文筆記
整理方法

現在也有許多人習慣將自己的行事曆、筆記等資料電子化，存到雲端，好處除了攜帶方便以外，也能將資料備份在好幾個不同的地方，避免遺失，而且紙本筆記本會有潮溼發霉的問題，在保存上比較麻煩；再者，使用 iPad 寫筆記還有一個非常大的好處就是，寫過的筆記可以反覆修改、移動，這一點對於常常寫錯字、浪費立可帶的人們絕對是一大福音！

我們也可以將韓文筆記寫在 iPad 上，但這時候如果只是把自己讀過的東西寫在備忘錄，很容易變得亂亂的，接下來要介紹兩個我自己常用的筆記 APP。

GoodNotes 5

這款筆記 APP 在網路上廣受推薦，雖然 GoodNotes 5 是一款需要付費購買的 APP，但因為它是一次買斷型，不用持續

訂閱，相對於它所提供的功能和實用性，我覺得很值得。上研究所之後，我不管是上課做筆記，或是下課自己寫筆記，都會寫在這款筆記 APP 上。也因為這款 APP 可以直接開啟文件檔案，將文件變成可以書寫的形式，所以我也會用這個軟體閱讀講義或論文，真的超實用！

　　我推薦有平板的讀者可以用這個 APP 寫寫看自己的主動式韓文筆記。一般來說，我會把韓文筆記分成好幾大類，從圖 3-3 中可以看到我特別開了幾個檔案來存放筆記，每個檔案都擁有一個大標題，像是單字、文法、社會文化等，你可以依照自己的需求來分類。

圖 3-3　GoodNotes5 檔案分類示意圖

資料來源：GoodNotes5

　　每個大類別內都會有不同主題的筆記本，像是單字類的稱謂、交通工具、水果、動物、植物等；文法類的可能會分成不同級數的文法，或是寫作文時常用的文法、句型等；如果是社會文化類，則可以區分成韓國經濟、歷史、社會議題、姓氏等主題。

　　這樣分類的好處是，**在寫筆記之前還要先進行歸類的步驟，除了加深記憶，也將學到的東西組織概念化**，比較不容易忘記。而且如果之後想要找尋某個主題的內容，也會因為當初在寫筆記時有先歸類好，可以很迅速地找到想找的資料，有如自己的線上大型資料庫。

圖 3-4　單字類筆記分類示意圖

資料來源：GoodNotes5

Keynote

這個 APP 是 iPad 的內建簡報 APP，可以不用另外購買是一個很大的優點。也許你會想，一個做簡報的 APP 跟寫筆記有什麼關係？

相較於 Keynote 的簡報製作功能，其實我更常使用它的蠟筆功能來寫自己的筆記或畫圖。因為 Keynote 的蠟筆功能無論寫字或畫圖，都很有在紙本上寫筆記的感覺，可以調整蠟筆的粗細或是儲存自己常用的蠟筆顏色，也可以使用顏色選取功能，選取簡報圖片裡的顏色。大家可以在 Keynote 寫筆記或畫圖後，再輸出變成照片，貼到自己的筆記上，讓韓文筆記變得更豐富，真的超級推薦！

圖 3-5　Keynote 簡報畫面

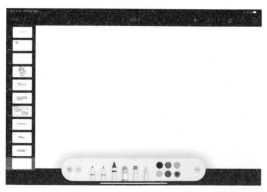

資料來源：Keynote

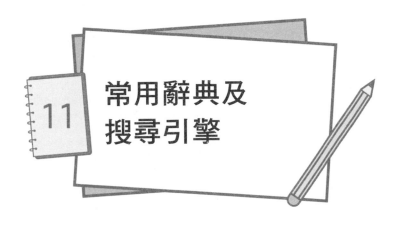

11 常用辭典及
搜尋引擎

　　我在整理筆記時，最常使用的查詢工具就是網路辭典和搜尋引擎了。在寫筆記時，除了要注重書寫工具之外，如何善用辭典及搜尋工具的功能，也有很多竅門。

　　在開始書寫屬於你的韓文筆記前，我們先來認識一下韓文學習者有哪些常用的辭典 APP 及網站，幫助自己查詢想要了解的單字意思和內容吧！

　　首先，要介紹的是學韓文必備的 NAVER 辭典（네이버 사전），這是韓國最大的搜尋網站 NAVER 旗下的辭典 APP，雖然大部分有在學韓文的人應該都知道這個 APP，但也有許多人停留在純粹查詢單字字義的階段，不知道這個 APP 還有很多實用的功能，或是不知道怎麼更有效地使用，現在就讓我來一一介紹！

NAVER 韓中辭典

　　大部分中文母語者最常使用的就是「韓中辭典」（네이버
한중사전），除了可以在「輸入搜索詞」的欄位輸入你想要查
詢的單字，其實也可以輸入想查詢的文法、句子。

　　在搜尋單字、文法時，除了要注意空格（띄어쓰기，隔寫
法）外，還要注意一個狀況，就是查詢文法項目時，文法項目
的前面或後面會出現一個「－」，雖然有沒有打出「－」都不
會影響搜尋結果，但其實「－」有一個很重要的概念。**－□代
表前面與詞連接，□－代表後面與詞連接，－□－代表前後都
與詞連接。**

　　另外，動詞和形容詞比較特別，這兩種會以「□－＋－다
（終結語尾）」的「基本形」（기본형）形態出現。很多人可
能比較常聽到動詞、形容詞的「原形」（원형），基本形和原
形其實是同一個概念，指的是同一個字會有好幾種不同變化的
形態，其中最可以代表其他相異形態的詞，或者說最能用來推
論或合理解釋出其他相異形態的詞，就會擔任基本形（原形）
的角色。我們在字典裡看到的動詞和形容詞都會以基本形的形
態出現，這類在字典上出現的詞又稱為詞條（표제어）。

　　舉例來說，좋아하－可能加了語尾－여요，然後變成좋아

해요（喜歡），我們在解釋좋아해요時，可以說좋아해요是從좋아하다這個基本形去掉語尾－다，再加上語尾－여요而來的。此外，如果좋아하－加上其他語尾，變成좋아하다的活用形（變化後的形態），我們還是能用좋아하다去解釋它，或是可以用活用形往回推論基本形是什麼樣子的話，那我們就可以說좋아하다是其他形態（如좋아해요、좋아하는）的基本形。

	說明與舉例	有無加「－」
以「獨立」形式存在	像是名詞、代名詞、數詞、感嘆詞、副詞這種不需要依靠別的詞，就能獨立存在於句子中的詞類。 要特別注意，動詞和形容詞會以基本形「□－＋－다」的形式出現在字典中。例如：좋아하－＋－다＝좋아하다。	前後都不會加「－」。
以「非獨立」形式存在	例如各式各樣的語尾（－고、－아／어서、－는、－ㅂ／습니다、－아／어요、－았／었－），以及前後綴（맨－、－님）等，無法獨立存在，需要依靠別的詞做結合，才能存在於句子中的文法元素。	1. 前面加「－」：連接語尾、終結語尾、轉成語尾、語末語尾、後綴。 2. 後面加「－」：前綴。 3. 前後都加「－」：先語末語尾。*

*【參考】名詞概述

1. 前綴：像是맨–這類接在單字／詞根前面的詞。

2. 後綴：像是–님這類接在單字／詞根後面的詞。

3. 連接語尾：像–고這類連接句與句的語尾。

4. 終結語尾：像–ㅂ／습니다這類終結一句話的語尾。

5. 轉成語尾：像–기或–(으)ㅁ這類改變一句話的句中角色（將動詞變成名詞）的語尾。

6. 語末語尾：像–아／어요這類在一句話末端出現的語尾。

7. 先語末語尾：像是–았／었–這類接在語末語尾前面的語尾。

（前後綴的完整釋義，見 P.131；語尾的分類，見 P.254）

　　　　進入 NAVER 辭典 APP 後，首先會見到下方這樣的介面：

圖 3-6　NAVER 辭典 APP 首頁

上方區塊

在搜索欄位下方有五個小功能，由左到右分別為：

1. 中文手寫輸入
2. 韓文手寫輸入
3. 語音輸入
4. 拍照辨識文字輸入
5. 內建韓文鍵盤

下方區塊

1. 辭典主頁：點選後可選擇其他辭典。
2. 中文辭典（중국어사전）：中韓辭典。
3. papago 翻譯器：類似 Google 翻譯，可用於翻譯整句話。
4. 開放辭典：開放給使用者共同編輯的辭典。

資料來源：NAVER 辭典 APP

　　點開辭典主頁，可以看到一排的辭典種類，對於臺灣學習者來說，比較有機會使用到的辭典可能是以下幾種：

1. 開放辭典 PRO（오픈사전 PRO）
2. 知識百科（지식백과）
3. 國語辭典（국어사전）
4. 英語辭典（영어사전）
5. 英英辭典（영영사전）
6. 日語辭典（일본어사전）
7. 中文辭典（중국어사전）
8. 漢字辭典（한자사전）

　　其中，我自己最常使用的是國語辭典（국어사전），也就是資料全為韓文的韓國語辭典，國語辭典的使用方式會在後面做詳細介紹。

　　了解整體頁面功能之後，可以試著搜尋自己想要查找的單字或文法。例如搜尋「한번」，會出現以下內容。

單字對應的 TOPIK 級數、中文釋義、發音

可以從發音的括弧〔 〕內知道這個字會不會有音韻現象的變化，也可以點擊旁邊的喇叭，實際聽聽看這個字的發音。

有些單字的發音裡面會出現「:」的符號，長得有點像冒號，但仔細看會發現不太一樣，這是韓文的長音符號（장음부호／긴소리표／장음표）。雖然現代韓文已經慢慢不去區分一個詞到底是長音還是短音了，但現在仍有一些年長的韓國人能區分長、短音，同一個單字可能會因為音的長短不同，而有不一樣的意思，最經典的例子就像長音的눈（[눈:]）是「雪」的意思，短音的눈（[눈]）是「眼睛」的意思。

圖 3-7　單字查詢結果頁面 1

全部	单词	释义	例句

TOPIK 1

한번 -番

1. 有一次；有次 2. 看；试一试 3. 一旦 4. 很；真

发音　　　[한번] 🔊 ↻

資料來源：NAVER 辭典 APP

活用形

　　即動詞、形容詞、이다這類單字加上語尾後的變化形態。在查字典的時候，假如不太確定一個字的活用規則，像是一些不規則變化的單字，或是一些長得很像的單字，在單字發音區塊的下方有一個「活用形」（활용형）的大框框，統整了這個單字的陳述句（평서문）、疑問句（의문문）、命令句（명령문）、勸誘句（청유문）的寫法，同時也會列出這些句型不同時態的變化方式。

　　不同功能的活用形的定義與概念如下：

終結形（종결형）	以終結語尾將一個句子完結的變化形態。 【例】음료수를 마셔요 .（喝飲料。）
連接形（연결형）	連接前後兩個句子的變化形態。 【例】밥을 먹고 학교에 가요 .（吃飯後去學校。）
轉成形（전성형）	改變一句話的句中角色（例如將動詞變成名詞）的變化形態。 【例】몸이 불편해 운동하기 어렵다 .（身體不適難以運動。）

圖 3-8　單字查詢結果頁面 2

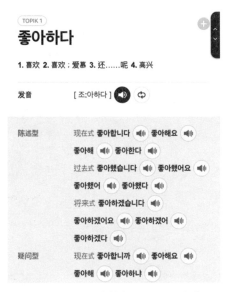

資料來源：NAVER 辭典 APP

辭典來源、詞性、各種意思的用法及例句

　　在上方選單中，有三種辭典來源可以選擇，包括：高麗大學韓韓中辭典（韓國高麗大學出版的辭典）、EDUWORLD 標準韓韓中辭典、韓國語學習辭典（韓國外國語大學出版的辭典）。可以來回切換三種辭典，多重比較字義與用法，更精準了解這個單字的字義。而中文翻譯下面的韓文通常才是準確的單字用法及釋義。

圖 3-9　單字查詢結果頁面 3

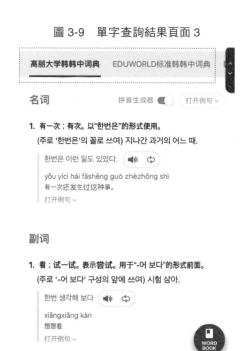

資料來源：NAVER 辭典 APP

　　NAVER 韓中辭典的資料來源都是韓中辭典，所以和國語
辭典查到的資料會不同。

　　如果單字是動詞，我會另外注意這個動詞是自動詞（자동
사）還是他動詞（타동사），因為這會影響我判斷前面要不要
加賓語（受詞，韓文中稱為目的語），兩者的差異如下表。有
些動詞同時有自動詞的用法，也有他動詞的用法，這類動詞我

們稱為「自他兩用動詞」（자타양용동사）。

自動詞 （자동사）	相當於「不及物動詞」，表示主語自己產生的動作，且這個動作只對主語造成影響，即句中不需要有作用對象「賓語／目的語」的動作。 【例】저는 수영장에서 수영해요.（我在游泳池游泳。） 「游泳」這個動詞，可以自己獨立完成句子，不需要另外加入「賓語／目的語」。
他動詞 （타동사）	相當於「及物動詞」，主語所做的動作會作用在其他人事物上，即句中需要有接受作用對象的「賓語／目的語」。 【例】음료수를 마시다.（喝飲料。） 「喝」這個動詞不能自己獨立完成句子，需要另外加入「賓語／目的語」，像是飲料（음료수），句子才會完整。
自他兩用 動詞 （자타양 용동사）	除了自動詞和他動詞之外，韓文有些動詞既是自動詞也是他動詞，這種動詞即為自他兩用動詞。 【例】시계가 멈췄다.（自動詞→手錶停了。） 　　　패기가 시계를 멈췄다.（他動詞→珮琪讓手錶停住。） 前者是手錶自己停止運轉，後者是珮琪可能做了什麼動作，讓手錶停止運轉。

另外，動詞除了自動詞和他動詞之外，還有能動詞、主動詞、使動詞、被動詞等分類，如下表。

能動詞 （능동사）	非受到外部因素，而是主語用自己的力量做出某動作的動詞。 （相對於被動詞的概念。）
主動詞 （주동사）	非受到別人使喚，句子中的主體自己做出某動作的動詞。 （相對於使動詞的概念。）
使動詞 （사동사）	句子中的主體自己不做某動作，而是讓他人接受並執行的動詞。
被動詞 （피동사）	句子中的主體接受他人要自己做的動作與行為，並執行的動詞。

　　如果是名詞，可能會看到詞性不是單純寫「名詞」，而是寫「依賴名詞」，這個「依賴名詞」是什麼意思呢？

　　韓文的名詞分為兩大類，一種是不需要依靠其他字就可以單獨存在於句中的名詞，稱為「自立名詞」（자립명사），像是한국（韓國）、하늘（天空）、김치（泡菜，現在「韓式泡菜」官方正名為「辛奇」）等，都是這類名詞。

　　另外一種叫做「依存名詞」（의존명사），其實就是辭典上的「依賴名詞」，這類名詞需要依靠在別的詞（例如冠形詞或冠形詞形語尾）後面，不能單獨存在於句子裡，像是「－는 것」的「것」、「－는 데」的「데」都算這類名詞。

自立名詞 （자립명사）	可以單獨存在於句子裡的名詞。 【例】한국（韓國）、하늘（天空）、김치（泡菜）
依存名詞 （의존명사）	不能單獨存在於句子裡的名詞。 【例】- 는 것的 것、- 는 데的데

相似文法

查詢文法時，可以順便了解一下還有哪些相似文法，一起整理到筆記上。例如，查詢「 ㅡ아서 」的時候，會出現像圖3-10的列表，我通常會先從詞性來判斷哪一個是我要找的內容，再點進去了解它的釋義。

實用例句

辭典中的例句擁有高度的正確性，所以通常我會把這個部分當作寫筆記時的參考例句。除了可以從例句中觀察這個單字或文法通常使用在什麼情境，也可以順便了解它可能會出現在句子中的哪個位置。

點進例句這區最下方的「更多例句」後，還可以選擇你想要參考的例句難易度，分為初級、中級、高級，可以依照自己的程度去做練習。另外，也可以選擇有翻譯文（中文），或沒有翻譯文（中文）的例句。

圖 3-10　文法查詢結果頁面

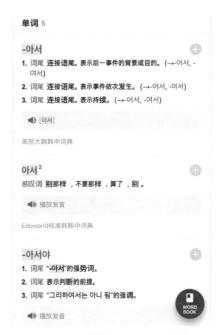

資料來源：NAVER 辭典 APP

圖 3-11　例句

資料來源：NAVER 辭典 APP

V LIVE 字幕

在例句區下方，還有一個 V LIVE 字幕區。在這一區中也有很多例句，如果這個單字曾經出現在偶像 V LIVE 或是其他類型的 V LIVE 中，這邊會節錄句子，讓使用者可以參考一些較口語的說法。但相較於辭典的例句，V LIVE 字幕的正確度較低。

　　NAVER 韓中辭典除了查詢單字、文法的主要功能之外，頁面中也有提供一些實用的韓文學習小功能。例如「TOPIK 單字」，在韓中辭典的主頁就會看到，藉由聽力填空測驗，每天帶你練習兩個初級或中級韓文單字。還有像是「今日的韓食單字」，每天提供兩個韓國美食的單字和說明。其他還有「今天的會話」、「STUDY KOREAN」等小功能，可以好好運用。

圖 3-12　V LIVE 字幕

V LIVE字幕 34,969

잘 한번...
I'll try and...
我会...

🔊 播放发音

SMTOWN：유노윤호 [RGB：리얼갬성방송] EP.1...　查看视频

한번 춤...
Well, let's try.
跳舞...

🔊 播放发音

LEE HI：Hi TV - Episode 10　查看视频

자 한번...
Let's find out...
来吧...

🔊 播放发音

Apink：은지의 브런치타임 '너란 뭉'

WORD BOOK

資料來源：NAVER 辭典 APP

圖 3-13　TOPIK 單字

TOPIK单词　　　　　　　　1 / 2

中级

치 [　] 🔊

初级 ＞　　　　　　　　　中级 ＞

資料來源:NAVER 辭典 APP

| NAVER 國語辭典

　　NAVER 國語辭典(네이버 국어사전)的介面其實長得跟韓中辭典很像。在單字頁面中,包含的內容有:單字(단어)、慣用句(관용구)、俗諺(속담)、相關單字(관련 단어)、近義詞╱反義詞(유의어╱반의어)、歷史資訊(역사정보)、我們語言的標準寫法(우리말 바로쓰기)、釋義(뜻풀이)、例句(예문)、拼字法(맞춤법)、標記法(표기법)等部分,在查字義的同時,還可以多做其他延伸學習。

單字

　　以가다（去）為例，在國語辭典裡可以查到比韓中辭典多出很多的字義，包含準確的字義、使用方式、使用時機，以及經常搭配的助詞等。如果是名詞，也會出現一些相似單字。

慣用句、俗諺

　　我們可以在慣用句、俗諺的部分，了解這個字通常會在什麼時候使用，或是它有沒有一些常見的慣用句、俗諺等。

圖 3-14　國語辭典單字查詢頁面

단어 153

가다¹ ★★★
1. 동사 한곳에서 다른 곳으로 장소를 이동하다.
2. 동사 수레, 배, 자동차, 비행기 따위가 운행하거나 다니다.
3. 동사 지금 있는 곳에서 어떠한 목적을 가지고 다른 곳으로 옮기다.
4. 보조동사 말하는 이, 또는 말하는 이가 정하는 어떤 기준점에서 멀어지면서 앞말이 뜻하는 행동이나 상태가 ...

유의어　건너가다　나가다　다니다

🔊 발음듣기

표준국어대사전

가다³ [일본어]gata[肩]
명사 → 어깨.

표준국어대사전

동사　　　　　　　　　　　　　예문 열기 ˅

I. 「...에/에게,...으로,...을」

1. 한곳에서 다른 곳으로 장소를 이동하다.
산에 가다.
예문 열기 ˅

2. 수레, 배, 자동차, 비행기 따위가 운행하거나 다니다.
폭풍우가 치는 날에는 그 섬에 가는 배가 없다.
예문 열기 ˅

3. 지금 있는 곳에서 어떠한 목적을 가지고 다른 곳으로 옮기다.
밥을 먹으러 식당에 가다.
예문 열기 ˅

4. 직업이나 학업, 복무 따위로 해서 다른 곳으로 옮기다.
군대에 가다.
예문 열기 ˅

資料來源：NAVER 辭典 APP

圖 3-15　慣用句、俗諺

관용구 3건

가도 오도 못하다
한곳에서 자리를 옮기거나 움직일 수 없는 상태가 되다.

> 인호가 갇혀 있는 동안 동래 온천에서 가도 오도 못하고 고
> 생 좀 할걸!
>
> 출처 <<염상섭, 무화과>>

갈 길이 멀다
앞으로 해야 할 일들이 많이 남아 있다.

> 그가 심부름을 마치려면 갈 길이 멀었다.

갈 데까지 가다
도달할 수 있는 가장 극단의 상태나 상황이 되다.

> 어디 누가 이기는지 갈 데까지 가 보자.

속담 16건

가는[가던] 날이 장날
일을 보러 가니 공교롭게 장이 서는 날이라는 뜻으로, 어떤 일을
하려고 하는데 뜻하지 않은 일을 공교롭게 당함을 비유

단어장

資料來源：NAVER 辭典 APP

相關單字

　　以가다為例，相關單字出現反義詞（반대말）和隱語／行話（은어，說明請見 P.125），代表가다的反義詞是오다，暗語是쥐다，就可以一起記起來。

圖 3-16　相關單字

連관 단어

반대말　오다[1]

은어　쥐다[2]

출처 : 표준국어대사전

資料來源：NAVER 辭典 APP

近義詞／反義詞

　　藍色點點的部分是相似詞（비슷한말），也就是近義詞；紅色點點的部分是相反詞（반대말），也就是反義詞。從圖3-17可以看到가다有哪些相似詞，這部分不僅可以幫助自己快速記憶，也可以做為延伸學習的工具。

圖 3-17　近義詞與反義詞

資料來源：NAVER 辭典 APP

　　以下為嚴格區分同義詞與近義詞的方式，一般來說，若是不嚴格區分同義詞與近義詞的話，近義詞便包含在同義詞裡。

1. 同義詞、近義詞與反義詞

同義詞 （동의어）	即意思 100% 相同的詞，彼此為同義關係（동의 관계）。同義詞為詞義相同、句子脈絡相同，且敘述、表達、情感表現、社會功能皆相同的詞語。以下五種情況，容易出現同義但不同寫法的狀況。 【例】 (1) 固有詞／漢字詞／外來詞 　　太陽→해（固有詞）／태양（漢字詞） (2) 標準語／方言 　　你好→안녕하세요（標準語）／안녕하세유（忠清道方言） (3) 一般用語／醫學用語 　　膽囊→담낭（醫學用語）／쓸개（一般用語） (4) 平語／敬語 　　睡覺→자다（平語）／주무시다（敬語） (5) 直說用法／委婉用法 　　死→죽다（直說用法）／돌아가지다（委婉用法）
近義詞 （유의어）	即意思相似的詞，彼此為近義關係（유의 관계）。近義詞為詞義、句子脈絡，以及敘述、表達、情感表現、社會功能相似的詞語。 【例】들어가다（進去）／돌아가다（回去）
反義詞 （반의어）	即意思相反的詞，彼此可能是互補、某種程度與方向的兩個極端，且句法位置上彼此是可以互相取代的關係。 【例】출발（出發）／도착（到達） 　　　가다（去）／오다（來）

2. 上位詞與下位詞

上位詞 （상의어 ／상위어）	較下位詞更具有一般性與全面性，且更能代表某群體與種類的詞。 【例】음료수（飲料）是上位詞 　　　밀크티（奶茶）是下位詞 　　　→奶茶被包含在飲料裡，飲料比奶茶更具有這個液體種類的一般性與全面性。
下位詞 （하의어 ／하위어）	較上位詞更具體，且更能凸顯其特殊意義的詞。 【例】음료수（飲料）是上位詞 　　　밀크티（奶茶）是下位詞 　　　→奶茶被包含在飲料裡，奶茶比飲料更具體指出是哪種液體（飲料的種類）。

3. 分體詞與整體詞

　　某個單字屬於另個單字的一部分，這種兩個互為部分與整體的單字之間，所產生的關係稱為「分體關係」（부분 관계）。

分體詞 （부분어）	指稱分體關係中代表整體裡「某部分」的詞。 【例】얼굴（臉）是整體詞 　　　눈（眼睛）是分體詞 　　　→眼睛是臉的一部分，所以眼睛是分體詞。
整體詞 （전체어）	指稱分體關係中代表「整體」的詞。 【例】얼굴（臉）是整體詞 　　　눈（眼睛）是分體詞 　　　→臉是代表整體，所以臉是整體詞。

4. 單義詞、多義詞與同音異義詞

單義詞 （단의어）	只有一個意義的單字。 【例】하늘（天空）
多義詞 （다의어）	同時具有兩個以上意義的單字，且意義互相具有關聯性。 【例】다리（1. 椅子的腳　2. 人的腿）
同音異義詞 （동음이의어）	音相同，意義不同的單字。 【例】거리（距離）、거리（街道）

使用 NAVER 辭典查詢一個單字，常常會跑出多個結果。這時，如果韓文單字的後面有標數字（1、2、3⋯⋯），例如거리 1、거리 2，代表這兩個거리彼此為同音異義詞，如果沒有標數字則是多義詞。

歷史資訊

在歷史資訊的區塊會列出該單字的三種參考資訊：

1. 說明（설명），表示語源（어원）說明。

2. 異形態（이형태）／異標記（이표기），表示單字的不同形態。

3. 各世紀用法（세기별 용례），不同時期的單字例句。

圖 3-18　歷史資訊

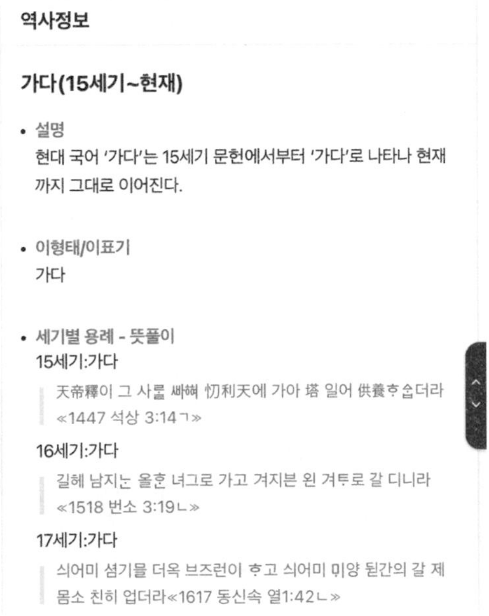

역사정보

가다(15세기~현재)

- 설명
  현대 국어 '가다'는 15세기 문헌에서부터 '가다'로 나타나 현재
  까지 그대로 이어진다.

- 이형태/이표기
  가다

- 세기별 용례 - 뜻풀이
  15세기:가다
  天帝釋이 그 사룸 쌔혀 忉利天에 가아 塔 일어 供養ᄒ숩더라
  《1447 석상 3:14ㄱ》

  16세기:가다
  길헤 남지는 올훈 녀그로 가고 겨지븐 왼 겨투로 갈 디니라
  《1518 번소 3:19ㄴ》

  17세기:가다
  싀어미 셤기믈 더옥 브즈런이 ᄒ고 싀어미 미양 뒫간의 갈 제
  몸소 친히 업더라《1617 동신속 열1:42ㄴ》

資料來源：NAVER 辭典 APP

我們語言的標準寫法

　　這個區塊會整理出一些學習者在國立國語院網站提問資料
庫（국립국어원 온라인가나다）提問的內容，內容可能是詢
問空格／隔寫法正不正確，或是多一個子音正不正確的寫作細
節，有機會可以多多閱讀這部分的文章，有助於提高寫作的正
確性。

圖 3-19　我們語言的標準寫法

우리말 바로쓰기

'하여야 겠다'와 '하여야겠다'
'하여야겠다'로 붙여 쓰는 것이 맞습니다. '하여야겠다'는 '하여
야 하겠다'에서 '하'가 줄어들어서 만들어진 말입니다. '하여야
겠다'가 '하여야 하겠다'의...
띄어쓰기 | 국립국어원 온라인가나다 | 조회수 2,235

'-(으)려고'와 '-(으)ㄹ려고'
아닙니다. '먹으려고'가 표준어입니다. 많은 사람들이 "집에 갈
려고 한다."와 같이 말한다고 해서 '-ㄹ려고'를 인정해야 하는
것은 아닙니다. '-ㄹ려고'...
맞춤법 | 국립국어원 온라인가나다 | 조회수 1,170

'가는'과 '갈'의 쓰임
어미 '-ㄹ', '-는'이 뜻하는 바에 따라, 앞으로 갈 예정이라면, 추
측, 예정, 의지, 가능성 등 확정된 현실이 아님을 나타내는 어...
단어 쓰임 | 국립국어원 온라인가나다 | 2010-02-19
조회수 197

資料來源：NAVER 辭典 APP

釋義

在釋義這一區，除了可以了解這個單字的語源（어원，字詞的歷史根源）之外，也可以查到一些類似詞彙、相關字。

例句

例句的部分跟韓中辭典類似，會提供一些辭典上的例句，

可以從中參考這個單字可以怎麼使用。

拼字法、標記法

　　拼字法和標記法是韓中辭典沒有的部分，這邊也是網友在國立國語院的提問資料庫裡面提問，並由國立國語院研究員回答的資料，通常是一些單字或文法比較，還有使用上的疑問、專業知識等。查完單字後可以來逛一下這區，會看到一些常見的問題合集，知道使用這個單字時大家通常會遇到什麼問題，或是常跟哪些單字一起比較。

圖 3-20　拼字法、標記法

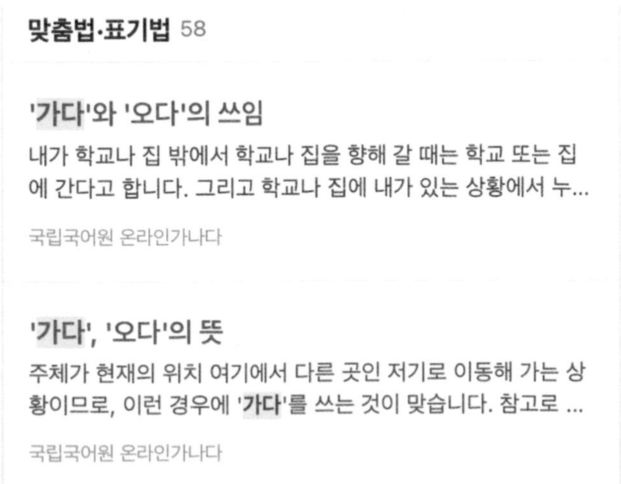

맞춤법·표기법 58

'가다'와 '오다'의 쓰임
내가 학교나 집 밖에서 학교나 집을 향해 갈 때는 학교 또는 집
에 간다고 합니다. 그리고 학교나 집에 내가 있는 상황에서 누...

국립국어원 온라인가나다

'가다', '오다'의 뜻
주체가 현재의 위치 여기에서 다른 곳인 저기로 이동해 가는 상
황이므로, 이런 경우에 **'가다'**를 쓰는 것이 맞습니다. 참고로 ...

국립국어원 온라인가나다

資料來源：NAVER 辭典 APP

其他進階功能

1. 特殊符號的意義

　　除了前面介紹過的長音符號（：）以外，其實辭典上還可以看到很多符號。在國語辭典查詢單字時，詞條（표제어）或原文（원어）標註的旁邊常出現一些符號，如下表[1]。

符號	功能	例子
-	標示合成詞的最終分析結果。（合成詞的相關說明請見P.130）	된 - 장（大醬）、나비 - 넥타이（領結）
∧	表示基本上以空格書寫為原則，但還是可以連在一起寫。通常會出現在專有名詞和固有詞中。	상담∧심리학과（心理諮商系）、군중∧심리（從眾心理）
▽	漢字音被改變的標示。	유월（六▽月）、시월（十▽月）
▼	原語言沒有的韓語新創詞標示。	콩글리시（▼Konglish）※ 英語沒有 Konglish 這個詞。

---

1. 國語辭典使用 Tip「辭典的符號說明」：https://blog.naver.com/dic_master/221374031449

2. 合成詞的原文（原語言寫法）標示

NAVER 國語辭典會把合成詞的原文標示出來，以下為實際會在辭典上看到的樣子。

(1) 된 - 장 된醬

　　→固有詞（된）＋漢字詞（醬）

(2) 나비 - 넥타이 나비 necktie

　　→固有詞（나비）＋外來詞（necktie）

(3) 휴대 - 폰　攜帶 phone

　　→漢字詞（攜帶）＋外來詞（phone）

3. 進階檢索欄與進階檢索符號

首先找到國語辭典搜尋欄位旁邊的高級檢索（고급 검색）。點開來會看到一個高級檢索的視窗。

圖 3-21　國語辭典搜尋欄位

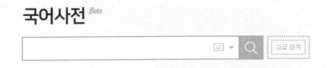

資料來源：NAVER 辭典網頁版

圖 3-22　高級檢索視窗

高級檢索視窗的圖示內容：

고급검색　자모검색　✕

하늘　　　(으)로 시작하는 단어

하늘　　　(이)를 포함하는 단어

하늘　　　(으)로 끝나는 단어

하늘　　　앞에　2　글자가 포함된 단어

하늘　　　뒤에　2　글자가 포함된 단어

검색　　　검색 Tip

資料來源：NAVER 辭典網頁版

　　高級檢索的欄位由上到下依序為：

　　_____（으）로 시작하는 단어（以～為首的單字）

　　_____（이）를 포함하는 단어（包含～的單字）

　　_____（으）로 끝나는 단어（以～結尾的單字）

　　_____ 앞에 ___ 글자가 포함된 단어（～前面包含～個字的單字）

　　_____ 뒤에 ___ 글자가 포함된 단어（～後面包含～個字的單字）

　　可以在欄位中輸入欲檢索的單字條件。

　　另外，點開高級檢索旁邊的字母檢索（자모검색），可以看到如圖 3-23 的視窗。

圖 3-23　高級檢索視窗

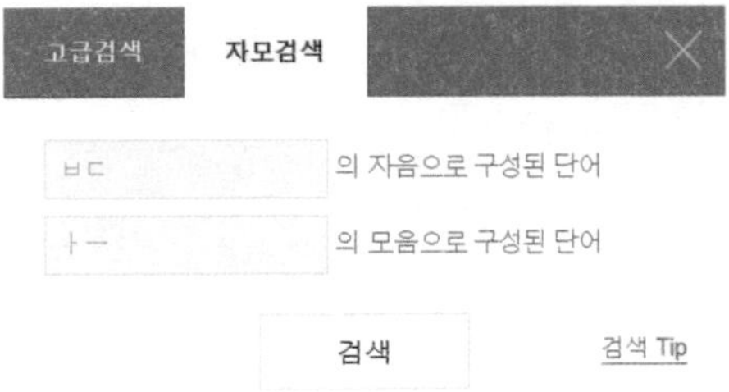

欄位由上到下依序為：

＿＿＿＿＿의 자음으로 구성된 단어（以～子音構成的單字）

＿＿＿＿＿의 모음으로 구성된 단어（以～母音構成的單字）

其實不點開高級檢索，也可以直接在綠色搜尋欄位輸入特殊符號，就能進行特定的檢索。符號整理如下表[2]。

2. 國語辭典使用 Tip「詳細搜索」：https://blog.naver.com/dic_master/221373411893

字與符號	功能
하늘 *	以하늘為首的單字
* 하늘 *	中間包含하늘的單字
* 하늘	以하늘結尾的單字
?? 하늘	하늘前面有兩個字的單字
? 하늘 ?	하늘前後各有一個字的單字
하늘 ??	하늘後面有兩個字的單字
ㅂㄷㅁ	以子音ㅂㄷㅁ構成的單字
ㅏㅡ	以母音ㅏㅡ構成的單字

4. 主題別搜尋

　　NAVER 國語辭典還有一個很好用的功能是「主題別搜尋」
（주제별 찾기），可以搜尋八種類別：俗諺（속담）、故事
成語（고사성어）、慣用句（관용구）、方言（방언）、古語
（옛말）、北韓語（북한말）、外來詞（외래어）、羅馬字（로
마자）。

語學知識小講堂 1

什麼是隱語？韓文用語的眉角

1. 一般用語、隱語與術語

一般用語 （일반어）	一般人在日常生活中廣泛使用的詞語。 【例】배（肚子）、부르다（喊／叫）
隱語／行話 （은어）	指某階層或某族群的人頻繁使用的詞語，通常只有該階層或該族群的成員之間才知道這些詞語真正的含義。 【例】꼰대（老人／老師）
術語 （전문어）	學術或是某專業領域用來表示特定意義的詞語。 【例】복부（肚子）→醫學用語 소환하다（傳喚）→法律用語

2. 俗語、委婉語與禁忌語

俗語／粗話 （속어／ 비속어）	通俗、庸俗，或不文雅的詞語。 【例】존나、씨발
委婉語 （완곡어）	比一般用語、禁忌語更委婉的說法，通常是為了避免他人聽了不開心而使用的詞語。 【例】돌아가시다（過世）→죽다的委婉語 편찮다（不舒服）→아프다的委婉語
禁忌語 （금기어）	因為感到害怕、想表現優雅，或是為了展現禮儀，而避免使用的詞語。 【例】性相關、排泄物等詞語。

3. 書面語與口語

書面語 （문어）	(1) 非日常生活使用的文書詞語。 (2) 以文字為媒介呈現的文體。 【例】그러므로（因此／所以）
口語 （구어）	(1) 日常生活使用的詞語。 (2) 以聲音為媒介呈現的文體。 【例】그러니까（所以／也就是）

4. 標準語與方言

標準語 （표준어）	即國家規範的官方語言。其中，韓國的標準語是指有教養的人普遍使用的現代首爾話（서울말）。
方言 （방언／ 사투리）	某個地方使用的非官方語言。 【例】제주 방언／제주어（濟州方言）、강원도 방언（江原道方言）

語學知識小講堂 2

韓文單字有哪些類型呢？

我們在分析一個單字的時候，會把它拆解成好幾個部分來看，其中代表單字核心意義的部分名為語根（어근），它是一個單字的核心部分，其他的東西都會附著在它身上產生變化，形成一個新的單字。

在了解韓文單字的組成與類型前，需要先知道一個比單字更小的單位：形態素。

形態素／詞素

形態素（형태소）即「有意義的最小語言單位」，形態素可以說是比單字還要小的語言單位，單字是由一個、兩個或兩個以上的形態素組合而成的。

形態素可以分為以下四種類型：

1. 實質形態素與形式形態素

實質形態素／詞彙形態素（실질 형태소／어휘 형태소）	表示一個具體人事物（某對象）、動作、狀態的形態素。前面提到的語根也是實質形態素的一種。 【例】헤디가 영화를 보고 있어요 .（海蒂在看電影。） 　　→例句中的헤디（人）、영화（物）、보（動作）皆為實質形態素。

形式形態素／ 文法形態素 （형식 형태소／ 문법 형태소）	跟實質形態素結合使用，表示單字與單字間、文法關係的形態素，像是助詞、語尾都包含在形式形態素內。 【例】헤디가 영화를 보고 있어요 .（海蒂在看電影。） 　　→例句中的가（主格助詞）、를（受格助詞）、－아／어요（語尾）皆為形式形態素。

2. 自立形態素與依存形態素

自立形態素 （자립 형태소）	不依靠其他單字，也能自己獨立存在於句中的形態素。 【例】헤디가 돼지국밥을 좋아해요 .（海蒂喜歡豬肉湯飯。） 　　→例句中的헤디、돼지국밥，就算沒有跟助詞가、를一起使用，也可以獨立出現在句子裡，因此헤디、돼지국밥皆為自立形態素。
依存形態素 （의존 형태소）	須依靠其他單字才能存在於句中的形態素。 【例】헤디가 돼지국밥을 좋아해요 .（海蒂喜歡豬肉湯飯。） 　　→例句中的가、을等助詞如果沒有跟헤디、돼지국밥等實質形態素一起使用，就不能存在於句子裡，因此가、을皆為依存形態素。 另外，좋아해요又可再細分成좋아하－＋－여요，像這類動詞或形容詞，語幹和語尾必須同時存在才能出現在句子裡，因此語幹和語尾都屬於依存形態素。

自立形態素與依存形態素的概念，其實就是前面介紹的詞語前後有無「－」的分類依據。

　　需要注意的是，雖然依存名詞本身不能獨立存在於句子中，但因為依存名詞通常都會跟擁有獨立性（자립성，可以獨立存在於句中的特性）的名詞出現在相同的位置上，所以依存名詞通常會被視為自立形態素的一種。

　　了解比單字更小的語言單位形態素後，就可以來看看韓文單字共有哪些類型。

韓文單字的類型

單字 단어	複合詞 복합어	單一詞 단일어
		合成詞 합성어
		派生詞 파생어

　　單字可以分成單一詞與複合詞兩大類。

單一詞 （단일어）	只有一個實質形態素／語根的單字。 【例】물（水）、하늘（天空）、바다（海）
複合詞 （복합어）	由兩個或兩個以上的實質形態素所組成，或是由實質形態素與詞綴組合而成的單字。 【例】1. 한국요리＝한국＋요리（韓國料理） 　　　　　→한국、요리皆為實質形態素 　　　2. 헛소리＝헛－＋소리（胡扯、空話） 　　　　　→前綴＋實質形態素소리 　　　3. 한국인＝한국＋－인（韓國人） 　　　　　→實質形態素한국＋後綴

複合詞又可細分成合成詞與派生詞兩小類。

合成詞 （합성어）	兩個或兩個以上的實質形態素組合而成的單字。 【例】집안＝집＋안（家裡） 　　　　→實質形態素＋實質形態素
派生詞 （파생어）	實質形態素與詞綴組合而成的單字。 【例】1. 새집＝새－＋집（新家） 　　　　　→前綴＋實質形態素집 　　　2. 선생님＝선생＋－님（老師） 　　　　　→實質形態素선생＋後綴

詞綴

　　在派生詞中，具有文法功能的部分稱為詞綴（접사）。詞綴常跟其他語根或單字組合，變成一個新的單字，且不太會在句中

單獨使用。

　　因為韓文的語尾、助詞是接在單字後面，為後核語言（후핵언어）的一種，所以韓文的後綴比前綴多很多。

1. 以位置分類

前綴／接頭辭 （접두사）	加在語根前面組成一個新單字的接辭。 【例】헛－、개－、군－
後綴／接尾辭 （접미사）	加在語根後面組成一個新單字的接辭。 【例】－자、－님、－인

2. 以功能分類

派生詞綴／ 派生接辭 （파생접사）	能與語根組合成擁有不同意義之新單字的接辭。 【例】1. 지우개 ＝ 지우－＋－개（橡皮擦） 　　　　→因在「擦」的動作後加上接辭，而讓單字產生了新的意義。 　　　2. 능력자 ＝ 능력＋－자（能力者） 　　　　→因在「能力」的字義後加上接辭，而讓單字產生了新的意義。
屈折詞綴／ 屈折接辭 （굴절접사）	無法與語根組合成擁有不同意義之新單字，而是與語幹結合成活用形的接辭。一般指的就是語尾的概念。 【例】먹고（먹－＋－고） 　　　먹어서（먹－＋－아／어서） 　　　먹으니까（먹－＋－니까） 　　　→雖在「吃」的動作後加上接辭，但原本單字的意義卻沒有因此改變。

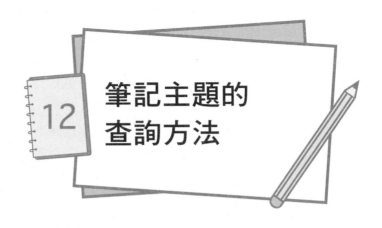

12 筆記主題的查詢方法

　　準備好寫筆記的工具、筆記本或器材，就可以開始來整理屬於自己的韓文筆記了！如第二章所述，在寫「主動式韓文筆記」時要先了解自己需要哪些內容，才能著手整理，可能會是生活中出現頻率高的單字、個人專業領域常用的單字、自己想了解的有趣單字、流行語或時事單字等，可以根據這幾大類型去整理歸納。就算一個類型已經整理好了，還是可以回過頭去補充，慢慢地將自己的韓文筆記整理得更完整。

　　但筆記主題要到哪裡查詢，從哪裡獲得呢？一開始你可能會有點茫然，不知道要從何下手，因為過去獲得韓文相關資訊，主要都是以市售的參考書、課本，或是老師上課提供的講義教材為主，沒有實際搜尋過資料，也不知道能從哪裡獲取。

　　這是大部分的韓語學習者都會經歷的階段，接下來，我會以各個主題的筆記內容，輔以這些資料的查詢方式，一一帶你了解我們可以怎麼搜尋並運用網路資源，讓你獲得韓文知識的

管道不再只有參考書，而是可以憑著自己的能力，在網路上找到需要的資訊！

77 的「主題韓文單字」查詢方法

方法 1：統整各個單字參考書

市面上有很多單字參考書，但通常因為版面限制，僅會寫出日常、旅遊等大眾常用的單字，或是韓檢必考、常考的單字，因此內容會有較多限制。

如果我們想更全面地學習特定領域的單字，那勢必要有一些方法整理歸納出自己的單字筆記，其中一個最簡單、也最快速的方法，便是將市面上的單字書內容拿來比較整理，透過整理書上的內容，將專業老師們的教學精華變成自己的東西。

方法 2：使用搜尋引擎，利用圖片比對

確定想要寫的主題後，先思考一下有哪些單字跟這個主題有關，接著，打開 NAVER 韓中辭典，輸入單字的中文，查詢的結果可能會出現兩種情況：

情況一，出現一個單字→可能就是我的目標答案。

情況二，出現好幾個單字→可能都是我要的答案。

如果無法確定這些單字是否就是我要的答案，這時候我會打開 Google、NAVER 搜尋引擎，把幾個單字分別丟進去搜索，然後我會確認兩個部分：

1. 圖片，看那個單字搜尋出來的圖片結果，是不是跟我要的相符。

2. 搜尋出來的網頁標題是否包含那個單字，NAVER 的知識 iN（지식 iN，類似知識問答平臺）是否有那個單字。

這裡有個小技巧，如果把網頁的語言設定調成韓文版的話，在 Google 搜尋引擎丟入中文單字，它會幫你找到相對應的韓文單字。我有時候會這樣進行初步搜尋，後續再檢驗正確與否，這樣很方便，因為可以同時看到圖片。

圖 3-24　用 Google 搜尋單字

資料來源：Google

方法 3：查詢政府官方網站的資料庫

推薦政府 24（정부 24）網頁，當中有韓國政府、地方自治團體組織圖（정부／지자체 조직도），從這個網頁可以連結到各個行政機關的網站。如果對於相關主題有興趣，就可以使用這些官方網站的資料庫來查詢需要的單字，因為是公家機關，資料基本上會是最正確的。

舉例來說，統一部（통일부）的官方網站有南北韓文的資料；統計廳（통계청）有很多統計資料，可以搜尋你想要查的領域關鍵字，使用統計圖表上的單字；另外，法務部（법무부）也會有一些法律的相關用語，可以將這些網站的資料統整到自己的單字筆記中。

通常韓國的政府部門官方網站都整理得比較有系統性，資料較為齊全，可以把網站的資料找出來之後，再逐一用NAVER 辭典確認每個單字的意思、定義，去做對照。

方法 4：觀察購物網站、網路書局的商品

除了可以在政府網站查到很多分類資料，如果想要了解日常生活常用到的單字和分類，可以觀察購物網站、網路書局等網站中出現的商品單字，再去做後續的查詢與確認。

方法 5：流行語、縮略語

像流行語、縮略語這種非正式詞彙，可以在韓國網友整理的 NAVER blog 文章中搜尋，但建議來回比對多篇文章確認。

要把韓文翻譯成中文時，一定要重複比對中韓的字義是否**互通**，如果有些微不同，可能就要再繼續確認有沒有更相似的字，或是要在筆記上附註「近似」。

在整理的過程中，也要注意韓文單字是否為大眾的常用詞，或是有沒有更適切的互譯詞，這部分必須謹慎、來回確認。如果未來發現筆記有誤，也要有耐心回頭修改，才能讓筆記越來越完整。

77 的「主題韓文文法」查詢方法

方法 1：比較各個韓語文法書

同韓文單字的查詢方法，如果一開始沒有方向，可以先參考市面上已出版的文法書籍，選擇自己比較有興趣，或時常搞混的文法來進行整理。

方法 2：使用搜尋引擎，查詢國立國語院的資料

　　無論是自學文法、課後複習，應該大多數遇到問題的當下是沒有老師可以問的，相似文法之間的差異，通常都需要靠自己去找到答案，這時候，知道如何找到正確的文法比較資源，就顯得很重要。

　　初級學習者通常讀完文法書的內容就已經很足夠，再加上看全韓文的資料會有難度，所以在這邊提供一個方法給中級以上的學習者，除了參考市面書籍外，也可以使用這個方式去查詢，比較文法差異。

　　遇到想要比較的兩個文法，直接在 Google 搜尋引擎丟入那兩個文法。例如，我想知道到底－아／어서和－（으）니까有什麼不一樣，我就把這兩個文法一起鍵入 Google，或是再加一些關鍵字，像是차이（差異）、차이점（差異點）、비교（比較）等字眼，以及最重要的，**可以加上국립국어원（國立國語院）的字眼**，基本上，只有國立國語院的資料是經由官方認證，加上去可以確保你搜尋到國立國語院的資料。

13 寫出賞心悅目的
韓文筆記

在寫筆記的過程中，除了能累積豐富的筆記內容、認識陌生的單字或文法、學到更多元的知識以外，我認為寫筆記其實也能療癒身心，達到一舉兩得的效果。

要如何讓寫韓文筆記變成一個療癒身心的任務呢？答案是想辦法讓自己的韓文筆記變得「賞心悅目」。

首先要強調一點，我所謂讓自己的韓文筆記變得「賞心悅目」，並不是要用五顏六色的筆，或繽紛花俏的圖案點綴筆記，而是從筆記的版面配置及韓文字體等部分著手，讓筆記變得整齊美觀。

接下來將以我個人的經驗，帶大家練習寫好韓文字。想要寫出整齊、漂亮的韓文字，是有技巧的。首先，要釐清兩件事。

整理韓文筆記的目的

大部分人整理韓文筆記的首要目的，應該都是為了學好韓文，而不是為了獲得一份「完美」的韓文筆記。因此，我們在寫筆記的時候，不用要求自己寫出來的東西一定要毫無瑕疵。反而是要追求字體整齊，內容精簡好懂、有條理即可，把追求完美的時間節省下來，可以用來閱讀更多的書、吸收更多的知識，讓筆記變得更加豐富，會更有價值。當然，若你的個性是力求完美的類型，那就另當別論了。

筆記的閱讀者是自己

大部分人的筆記都是以幫助自己複習為主要功能，因此既然是自己複習用的筆記，內容的編排可以按照自己的邏輯去排序，讓日後複習時可以更清楚明瞭、事半功倍。

一開始不知道從何開始做筆記時，可以參考我在前面分享的筆記術，或網路上其他人分享過的寫法，在寫的過程中，你或許會找到更適合自己的方式，進而開始調整、發展出屬於自己的其他筆記方法，只要這些方法能讓你更好地理解內容，都不妨嘗試看看！

簡單來說，如果想要擁有一份漂亮的韓文筆記，其實只需要符合以下兩個條件，就可以稱之為漂亮、賞心悅目的韓文筆記了：

1. 字體整齊、內容精簡。
2. 編排有一套自己的邏輯，並且自己能看懂。

如何寫出整齊美觀的韓文字？

每個人對於字漂不漂亮的標準都不太一樣，有的人練過書法，標準可能會是一筆一畫都需要符合書法的勾勒與美學；但對於大部分的人來說，只要整齊、勻稱，更甚至只要能讓人看懂，便能稱為漂亮的字。美感的標準很主觀，但在學韓文的初期，還是有些方法能夠幫助自己寫出整齊美觀的韓文字！

認識子母音種類

母音（21 個）			
單母音 （단모음）	ㅏ [a]	ㅓ [eo]	ㅗ [o]	ㅜ [u]
	ㅐ [ae]	ㅔ [e]	ㅡ [eu]	ㅣ [i]
複合母音 （이중모음）	ㅑ [ya]	ㅕ [yeo]	ㅛ [yo]	ㅠ [yu]
	ㅒ [yae]	ㅖ [ye]	ㅘ [wa]	ㅟ [wi]
	ㅝ [wo]	ㅢ [eui]	ㅞ [we]	ㅙ [wae]
	ㅚ [oe]			

子音（19 個）			
子音 （자음）	ㄱ [k/g]	ㄷ [t/d]	ㅂ [p/b]	ㅈ [j]
	ㅅ [s]	ㄹ [l/r]	ㅎ [h]	ㅋ [k^h]
	ㅌ [t^h]	ㅍ [p^h]	ㅊ [ch]	ㄴ [n]
	ㅁ [m]	ㅇ [x/ng]		
雙子音 （쌍자음）	ㄲ [kk]	ㄸ [tt]	ㅃ [pp]	ㅉ [jj]
	ㅆ [ss]			

先熟悉韓文的 21 個母音和 19 個子音之後，再來了解一個韓文字的構造組成。

初聲（초성）	子音。一個韓文字音節構造的第一個聲音（음절의 첫소리）。
中聲（중성）	母音。一個韓文字音節構造的中間聲音。
終聲（종성）	子音。一個韓文字音節構造的最後一個聲音（음절의 끝소리），因此又稱為尾音、收音（받침）。

　　依照這個構造組成又可以將韓文字分成兩大類，一類是「無尾音」的字，一類是「有尾音」的字。

　　了解韓文的重要組成構造後，我們可以透過分析韓文字的架構，練習寫出漂亮整齊的韓文。以下我會從韓文字構造的角度，分享自己寫韓文的技巧及經驗，如何寫出具有個人特色的美美韓文字。

1. 無尾音（받침 없음）：初聲＋中聲

　　(1) 初聲＋中聲

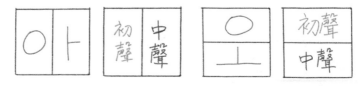

　　我們可以看到아、오都是一個子音加一個母音的形式，在寫這種構造的韓文時，我會習慣把子音和母音寫得差不多大，或是母音寫得比子音稍微大一點，這樣組合起來的時候會比較

好看。

(2) 初聲＋中聲（複合母音）

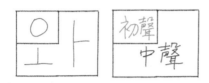

와是一個子音加一個複合母音的形式，一樣建議把子音寫得稍微小一點，然後複合母音的部分，我會把下面的部分寫得比較靠上，整體看起來會比較和諧。

2. 有尾音（받침 있음）：初聲＋中聲＋終聲

(1) 初聲＋中聲＋終聲

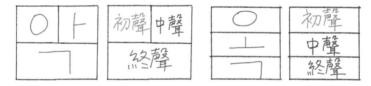

像악這樣的構成，我通常會把上層的初聲和中聲稍微寫大一點，下面那層終聲稍微寫小一點。如果是像옥這種構成的字，我通常會把中間母音寫大一點，然後把最下層的終聲寫小一點，如果終聲比較複雜，也是要盡量寫小一點，且三層的間隔要一致。

(2) 初聲＋中聲（複合母音）＋終聲

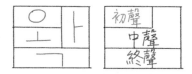

　　像斗這種構成的字，我通常會把上層的初聲和中聲稍微寫大一點，最下面那層終聲稍微寫小一點，這樣會看起來比較協調。

Chapter

4

韓文筆記
主題大公開

生活中，出現頻率高的單字

🔍 1. 韓國食物（한국음식）、韓國料理（한국요리）

湯　탕 / 국물	烤牛肉　불고기
麵　면 / 국수	烤肉（韓式燒烤）　고기구이
飯　밥 / 공기밥	韓式飯糰　김밥
炒飯　볶음밥	冷麵　냉면
炒麵　볶음면	平壤冷麵　평양냉면
拌飯　비빔밥	餃子 / 包子　만두
石鍋拌飯　돌솥비빔밥	炸醬麵　짜장면 / 자장면
泡菜鍋　김치찌개	糖醋肉　탕수육
部隊鍋　부대찌개	海鮮辣湯麵 / 炒馬麵　짬뽕
韓式大醬鍋　된장찌개 / 된장국	年糕　떡
嫩豆腐鍋　순두부찌개	雜菜　잡채
蔘雞湯　삼계탕	魚板 / 魚片　어묵 / 오뎅
排骨湯　갈비탕	血腸　순대
雪濃湯　설렁탕	生（拌）牛肉　육회
辣牛肉湯　육개장	生拌章魚　낙지 탕탕이
韓式豬骨湯　감자탕	豬腳　족발
辛奇 / 泡菜　김치	糖餅　호떡
蘿蔔泡菜　깍두기	芝麻紫蘇葉　깻잎

湯飯	국밥	辣炒年糕	떡볶이
海帶湯	미역국	炸雞	치킨
泡菜湯	김치국	調味炸雞	양념치킨
海鮮煎餅	해물전	刀削麵	칼국수
泡菜煎餅	김치전	小菜	반찬
蔥餅	파전	泡麵	라면
綠豆煎餅	빈대떡	日式拉麵	라멘

찌개、국、탕的差異

　　當我們在查 NAVER 韓中辭典的時候會發現一件事，就是찌개、국的中文都會翻成〇〇鍋，或是국、탕都會翻成〇〇湯，這時候我們要如何分辨其中的差異呢？

　　如果從 NAVER 國語辭典的韓文釋義，可以發現這三個字雖然相似，仍有些微差異，以《標準國語大辭典》的釋義為例。

(1)찌개：使用砂鍋或小平底鍋烹煮，在稠稠的湯中放入肉、菜、豆腐，加入醬油、大醬、辣椒醬、醬汁等調味料煮成的小菜。

(2)국：① 把肉、魚、青菜等料倒入很多水並調味煮成的食物。

　　　② 把像국、찌개等食物的湯料拿掉的水。

(3) 탕：① 「국」的敬語。

② 祭祀的時候使用，很多湯料但水很少，像是素湯、魚湯、肉湯等。

한식、한국식的差異

另外像是한식、한국식常常翻成「韓式」，所以「한식 요리」和「한국식 요리」都可能翻成「韓式料理」，從中文字面上看不出差異，但實際意義上差異非常大，這種例子不勝枚舉，也要特別注意。

NAVER 國語辭典對於「한식 요리」和「한국식」的定義如下——

(1) 한식 요리：韓食料理，使用韓國主要的食用材料或是韓國的料理法做成的料理。

(2) 한국식 요리：韓國式料理，用韓國人使用的方式做成的料理。한국식為「韓國式」，即在韓國使用的方法或形式。

由此可推論，「한국식 요리」是用韓國使用的方式製成的料理，但不一定是用韓國主要食用材料製成的料理，可以用這種方式來判斷差異。

🔍 2.料理動詞（조리 동사）、加熱料理動詞（가열 요리 동사）

煮	삶다 / 끓이다 / 고다 / 짓다	爆	튀기다
煎	부치다 / 지지다 / 튀기다	拌	비비다
煨	삶다 / 굽다 / 고다	醃	절이다
烤	굽다	涼拌	무치다
燉	삶다 / 조리다 / 고다	做	짓다
炒	볶다	熬煮 / 煎（藥、茶） 달이다	
蒸	찌다	加熱 데우다	
炸	튀기다		

　　在寫筆記時，可以從一個單字主題，延伸出許多其他的小主題，例如寫完韓國食物的主題，會聯想到泡菜的種類、加熱料理動詞等。

　　整理了料理、加熱料理動詞後，會發現同一個韓文動詞可能同時具有好幾個中文意思，這主要是因為韓文的同一個動詞可以表達好幾種料理方式，所以整理的時候可以搭配常常一起使用的單字去記憶。例如：

계란을 삶다 . →水煮雞蛋。

전을 지지다／부치다 . →煎餅。

보약을 달이다 . →熬藥。

밥을 짓다 . →做飯。

另外，也可以整理同一個動詞的不同用法，例如：

치킨을 튀기다. →炸炸雞。

옥수수를 튀기다. →爆爆米花。

🔍 3. 飲料（음료수）

水　물	綠茶　녹차
酒　술	奶茶　밀크티
瑪格麗（米酒）　막걸리	珍珠奶茶　버블티
燒酒　소주	烏龍茶　우롱차
啤酒　맥주	柚子茶　유자차
咖啡　커피	葡萄柚茶　자몽차
牛奶　우유	檸檬茶　레몬차
拿鐵　라테	玉米鬚茶　옥수수 수염차
美式咖啡　아메리카노	冰茶　아이스티
冰滴咖啡　더치 커피 /	花茶　꽃차
콜드 브루 커피	水果茶　과일차
濃縮咖啡　에스프레소	汽水　사이다
滴漏式咖啡　드립 커피	冰沙　스무디
現磨咖啡　원두커피	奶昔　밀크셰이크
摩卡咖啡　카페모카	果汁　주스
即溶咖啡　믹스 커피	養樂多　야쿠르트
拿鐵咖啡　카페라테 / 카페라떼	優酪乳　요플레
香草拿鐵　바닐라라테	抹茶拿鐵　녹차라테
卡布奇諾　카푸치노	紅茶拿鐵　홍차라테
阿芙佳朵　아포가토	甜米露　식혜
焦糖瑪奇朵　카라멜 마끼아또	麵茶　미숫가루
紅茶　홍차	運動飲料　이온음료

　　韓文的「飲料」到底是음료，還是음료수呢？想要確認的話有個辦法，先到教育部重編國語辭典修訂本查詢「飲料」的中文釋義，確認飲料是「經過加工製造，供人飲用的液體」。

　　接著，再去查 NAVER 國語辭典裡음료與음료수的定義，就可以發現差異。

(1) 음료：人能喝的液體通稱，例如水、茶、酒。

(2) 음료수：① 能喝的水。

　　　　　　② 人們為了解渴或是為了品茗而製作的飲品。

　　由此可以發現，음료수比較符合中文「飲料」的概念。不過雖然字典定義是這樣，但其實韓國人在日常生活中，음료和음료수滿常交替使用，可以的話還是要另外向韓國人確認實際使用的狀況。

　　韓文中有很多類似的單字，尤其是漢字詞，不管是讀音只差一點點，或是有個字不一樣，便無法從中文翻譯精準判斷意思，這時候就要查詢 NAVER 國語辭典，直接看韓文的定義，才能找到最符合的翻譯詞彙。

　　其實，飲料類很多單字都是外來詞和漢字詞，而非韓國固有的詞彙，像是茶類可能是從中國傳入，所以多為漢字詞，而咖啡類是從西洋傳入，所以多為外來詞。另外，根據韓國國立國語院，라테是標準義大利外來詞標記法，但라떼在日常生活中也廣泛被使用。

語學知識小講堂 3

固有詞、漢字詞和外來詞

　　NAVER 國語辭典中，對於韓文固有詞（고유어）、漢字詞（한자어）、外來詞（외래어）的定義如下——

1. 固有詞：
   (1) 是該語言原先就有的詞彙，或是以原有語言為基礎新造的詞彙。
   (2) 某地固有的獨特詞彙。
2. 漢字詞：以漢字為基礎製成的詞彙。
3. 外來詞：從外國傳入，並在國語中廣泛使用的單字。

　　除了這三類詞以外，另外也有混種詞（혼종어）／混合詞（혼합어）。韓文現有混種詞大致可分為以下三類：

固有詞＋漢字詞 （고유어＋한자어）	옷＋장（衣櫃）、놀이＋공원（遊樂園）、마감＋일（截止日）
固有詞＋外來詞 （고유어＋외래어）	딸기＋빵（草莓麵包）、꿀＋팁（小妙招）、옷＋핀（別針）
漢字詞＋外來詞 （한자어＋외래어）	고속＋버스（客運）、유리＋컵（玻璃杯）、모태＋솔로（母胎單身）

　　根據國立國語院《標準國語大辭典》的詞條數目統計，目前韓文的純外來詞，最多是源自英語，有 11,657 個，再來是法語 522 個，義大利語 451 個，德語 417 個。混種詞的部分，英語和漢字詞、固有詞、其他外來詞所組成的混種詞占大多數，德語次之，法語第三位，其他語言的混種詞數量極少。

🔍 4. 水果（과일）

香蕉　바나나	楊桃　스타 프루트
番茄　토마토	奇異果　키위
小番茄　방울토마토	哈密瓜　멜론
芒果　망고	柳橙　오렌지
草莓　딸기	蔓越莓　크랜베리
柿子　감	琵琶　비파
橘子　귤	釋迦　석가
蘋果　사과	椰子　코코넛
葡萄　포도	酪梨　아보카도
山葡萄　머루	蓮霧　자바사과
香瓜　참외	覆盆子　복분자
西瓜　수박	榴槤　두리안
柚子　유자	龍眼　용안
梨子　배	五味子　오미자
山梨　돌배	無花果　무화과
檸檬　레몬	山楂　산사자
萊姆　라임	枸杞　구기자
櫻桃　앵두 / 체리 / 버찌	甘蔗　사탕수수
石榴　석류	山竹　망고스틴
木瓜　파파야 / 모과	藍莓　블루베리
芭樂　구아바	水蜜桃　복숭아
鳳梨　파인애플	火龍果　용과
李子　자두	百香果　패션 프루트
荔枝　리치	

核果類　핵과류	堅果類　견과류
棗　대추	花生　땅콩
杏　살구	栗子　밤
梅子　매실	杏仁果　아몬드
	松子、松仁　잣
	開心果　피스타치오
	榛果　헤이즐넛
	核桃　호두

在整理外來詞比較多的主題時，有個小技巧，可以用 Google 搜尋：○○（要查的詞彙）＋국립국어원（國立國語院），看有沒有正確的外來詞標記方式。源自不同國家的外來詞，標記方式也有不同，因此要仔細確認，才不會背錯！雖然韓國人日常使用很多單字會直接音譯，但還是記正確的標記方式比較好。

🔍 5. 蔬菜（야채／채소）、穀物（곡물）

高麗菜　양배추	香菇　표고 / 표고버섯
白菜　배추	杏鮑菇　새송이버섯
小黃瓜　오이	松茸　송이버섯
生菜　상추	秀珍菇　느타리버섯
萵苣　상추 / 양상추	金針菇　팽이버섯
青椒、甜椒　피망 / 파프리카	黑木耳　목이버섯

紅色甜椒　빨간 피망

紅蘿蔔　당근

白蘿蔔　무

豆芽菜　콩나물

地瓜　고구마

芋頭　토란

茄子　가지

洋蔥　양파

大蒜　마늘

蔥　파 / 대파

菠菜　시금치

韭菜　부추

南瓜　호박

辣椒　고추

胡椒　후추

薑　생강

青花菜（綠）　브로콜리

花椰菜（白）　콜리플라워

香菜　고수

蕪菁　순무

牛蒡　우엉

蓮藕　연근

茼蒿　쑥갓

水芹　미나리

芹菜　셀러리

竹筍　죽순

香芹　파슬리

蘑菇　버섯

白木耳　흰목이버섯

黃豆　황두 / 콩

紅豆　팥

綠豆　녹두

黑豆　검은콩

豌豆　완두 / 완두콩

豇豆　동부콩

四季豆　강낭콩

毛豆　풋콩

海帶　다시마 / 미역

芝麻葉　깻잎

花生　땅콩

紫菜　김

玉米　옥수수

高粱　수수

稻子　벼

大麥　보리

小麥　밀　（麵粉　밀가루）

黍　기장

燕麥　귀리

蕎麥　메밀

藜麥　퀴노아

米　쌀

小米　조

絲瓜　수세미

苦瓜　여주

甜菜　사탕무

🔍 6. 花（꽃）

蘭花　난초	大麗菊　달리아
百合花　백합	三色菫　팬지 / 삼색제비꽃
玫瑰花　장미	繡球花　수국
向日葵　해바라기	牡丹　모란
鬱金香　튤립	蒲公英　민들레
鳶尾花　붓꽃	水仙花　수선화
風信子　히아신스	九重葛　부겐빌레아
茉莉花　자스민	梅花　매화
紫羅蘭　제비꽃	櫻花　벚꽃
梔子花　치자나무	滿天星　안개꽃
康乃馨　카네이션	香雪蘭　프리지아
杜鵑花　진달래	芍藥　작약
萬壽菊 / 金盞花　만수국	歐洲銀蓮花　아네모네
紫丁香　라일락	陸蓮花　라넌큘러스
木槿花　무궁화	千日紅　천일홍
菊花　국화	鐵線蓮　클레마티스
雛菊　데이지	鈴蘭　은방울꽃
波斯菊　코스모스	馬蹄蓮　칼라릴리

🔍 7. 家庭生活①──家人（가족）

爸爸	아빠 / 아버지	嬸嬸	작은 어머니
媽媽	엄마 / 어머니	姑姑	고모
哥哥	男生稱呼哥哥→형 / 형님	姑丈	고모부
	女生稱呼哥哥→오빠	舅舅	외삼촌 / 외숙부
姐姐	男生稱呼姐姐→누나 / 누님	舅媽	외숙모
	女生稱呼姐姐→언니	阿姨	이모
		姨丈	이모부
弟弟	남동생	堂兄弟姐妹	사촌＋오빠 / 언니 / 남동생 / 여동생
妹妹	여동생	表兄弟姐妹	외사촌＋오빠 / 언니 / 남동생 / 여동생
爺爺 / 祖父	할아버지	丈夫	남편
奶奶 / 祖母	할머니	妻子	아내 / 집사람 / 와이프
外公 / 外祖父	외할아버지	老公、老婆（夫妻間稱呼對方）	
外婆 / 外祖母	외할머니	여보	
兒子	아들	配偶 / 伴侶	배우자
女兒	딸	公公	시아버지 / 시아버님 / 아버님
媳婦	며느리		
女婿	사위（書面語）/ 서방（口語）	婆婆	시어머니 / 시어머님 / 어머님
孫子	손자	岳父 / 丈人	장인 어른
孫女	손녀	岳母 / 丈母娘	장모
伯父 / 大伯	큰 아버지 / 큰 아빠	連襟 / 妯娌	동서
伯母	큰 어머니 / 큰 엄마		
叔叔（未婚）	삼촌		
叔叔（已婚）	작은 아버지 / 숙부		

稱謂詞、指稱詞與代名詞的差異

「稱謂詞」（호칭어）指的是話者在聽者面前稱呼對方時，使用的第二人稱代名詞、姓名、職稱等各種稱謂；「指稱詞」（지칭어）是指話者在聽者面前稱呼第三者時，使用的第三人稱代名詞、姓名、職稱等各種稱謂。

基本上，很多時候稱謂詞和指稱詞是相同的，但指稱詞會明確點出自己和第三者之間的關係，稱謂詞可能就不一定。舉例來說，當韓國媳婦面對婆婆的時候，通常都會稱呼她「媽媽」（어머님），不會叫「婆婆」（시어머님），因為在稱呼的時候，不需要明確點出對方是自己的誰。但在跟他人介紹（指稱）婆婆時，就要用婆婆（시어머님）這個詞，對方才知道是在指婆婆，這就是稱謂詞和指稱詞最大的差異。

另外，「代名詞」（대명사）則是在句子中代替人事物名稱的詞，例如어머니（媽媽）。

話者與聽者

話者（화자）是指在對話或文字中提供資訊的人。聽者（청자）是指對話中接收資訊的人。

語學知識小講堂 4

代名詞的種類

前述介紹的單字大多數是名詞，但韓文跟中文一樣，在日常生活中會使用大量的代名詞去代替我們想要指稱的對象。首先，代名詞可以廣泛分為兩大類：人稱代名詞和指示代名詞。

人稱代名詞 （인칭 대명사）	用來指稱「人」的代名詞。
指示代名詞 （지시 대명사）	用來指稱「事物」或「場所」的代名詞。

在進一步了解韓文的人稱代名詞及指示代名詞之前，需要知道韓文的平稱、謙稱、敬稱、卑稱等分別。

平稱（평칭）	既無尊敬他人也無降低他人地位時，所使用的一般稱呼語。
謙稱（겸칭）	降低自己地位表示謙虛時，所使用的稱呼語。
敬稱（경칭）	尊敬他人地位時，所使用的稱呼語。
卑稱（비칭）	降低他人地位時，所使用的稱呼語。

另外，韓文的第三人稱有近稱、中稱、遠稱等分別。

近稱（근칭）	指稱和話者接近的人事物時，所使用的稱呼語。
中稱（중칭）	指稱和聽者接近的人事物時，所使用的稱呼語。
遠稱（원칭）	指稱和話者、聽者皆遠的人事物時，所使用的稱呼語。

人稱代名詞與指示代名詞

1. 第一人稱代名詞（일인칭 대명사）／自稱（자칭）

代替對話裡「話者」的代名詞。除了對話中的話者外，文章作者也是第一人稱話者。

	單數（단수）	複數（복수）
平稱（평칭）	我　나	我們　우리 （含聽者／不含聽者）
謙稱（겸칭）	(1) 我　저 (2) 寡人　과인（王謙稱自己）* (3) 朕　짐（王的自稱）*	我們　저희 （不含聽者）
演講者自稱	本人／鄙人　본인	X

* 現已不常使用。

우리和너희有個特殊用法，如果用在像是家人、國家、學校、公司等單數名詞時，可以用來表示「團體共有」的概念。例如우리 집（我們家）、우리 할아버지（我爺爺）、너희 회사（你們

公司）、너희 어머니（你媽媽）。

2. 第二人稱代名詞（이인칭 대명사）／對稱（대칭）

　　用來代替對話裡「聽者」的代名詞，除了對話中的聽者外，讀者、聽歌的人都算是第二人稱。

	單數（단수）	複數（복수）
平稱 （평칭）	你　너	你們　너희 （含聽者）
敬稱 （경칭）	(1) 你　당신 　　① 夫妻間使用 　　② 吵架時使用 　　③ 在詩或歌詞中使用 (2) 年長者稱呼年紀比自己小的人　자네 　　（例如兒子的朋友、學生、女婿） (3) 你　그대 　　（詩或歌詞中稱呼情人或親近的人） (4) 貴兄　귀형＊／貴下　귀하（書面語）	各位 여러분

＊現已不常使用。

　　因為第二人稱代名詞沒有最高階格式體敬語使用的敬稱，此時若要稱呼需要尊敬的對象，常常會直接使用稱謂、職稱來稱呼對方。例如：

선생님 , 이걸 보세요 . (老師請看這個。)

할머니께 이 선물을 드리고 싶어요 . (想給奶奶這個禮物。)

3. 第三人稱代名詞（삼인칭 대명사）／他稱（타칭）

代替對話裡話者與聽者以外的「他人」。有時候也會直接使用稱謂、職稱來代替第三人稱代名詞。

	近稱（근칭）	中稱（중칭）	遠稱（원칭）
平稱 （평칭）	這人 이 사람／얘	那人 그 사람／걔	那人 저 사람／쟤
敬稱 （경칭）	這位　이이	這位　그이	這位　저이
極敬稱 （경칭）	這位　이분	這位　그분	這位　저분
卑稱 （비칭）	這傢伙 이놈（男） 這女人 이년（女）	那傢伙 그놈（男） 那女人 그년（女）	那傢伙 저놈（男） 那女人 저년（女）

4. 指示代名詞（지시 대명사）／事物代名詞（사물 대명사）

用來指稱事物或是場所的代名詞。其中，이쪽、그쪽、저쪽也可以用來代指人，即這位、那位、那位。

	近稱（근칭）	中稱（중칭）	遠稱（원칭）
事物（사물）	這個　이것	那個　그것	那個　저것
場所（장소）	這裡　여기	那裡　거기	那裡　저기
方向（방향）	這邊　이쪽	那邊　그쪽	那邊　저쪽

5. 未知稱代名詞、不定稱代名詞、反身代名詞

未知稱代名詞 （미지칭 대명사）	即疑問代名詞（의문 대명사），指稱未知的人或物時使用的代名詞。 【例】누구（誰）、무엇／뭐（什麼）、언제（何時）、어디（哪裡）
不定稱代名詞／ 不定代名詞 （부정칭 대명사 ／부정 대명사）	沒有指稱特定人、物、場所、方向時使用的代名詞。 【例】아무（任何人）、아무개（某人）、아무것（任何一個）、아무데（任何地方）
反身代名詞 （재귀 대명사）	又稱再歸詞（재귀사），一個句子裡，當前面的人物名詞或第三人稱代名詞（一般做為主語）重覆出現時，用來代替該名詞使用的代名詞，像是그 영화의 남주인공은 자기의 이름을 까먹었다．（那部電影的男主角忘記了自己的名字。）這邊的자기就是用來代替前面已出現過的主語남주인공的反身代名詞。 【例】저（自己，單數）、저희（自己，複數）、자기（自己，單數）、당신（自己，敬稱，主語為話者需要尊敬的對象） 尊敬程度：당신＞자기＞저

🔍 8. 職場① —— 職業（직업）

老師　선생님 / 선생 / 스승	店員　점원
教師　교사	牧師　목사
教授　교수	神父　신부
講師　강사	修女　수녀
校長　교장 / 학교 총장	司機　기사
警察　경찰	選手　선수
警官　경찰관	運動選手　운동선수
軍人　군인	魔術師　마술사
作家　작가	礦工　광부
護理師　간호사	祕書　비서
醫生　의사	銀行員　은행원
律師　변호사	記者　기자
法官 / 司法官　법관 / 판사	主播　아나운서
畫家　화가	節目主持人　엠시
歌手　가수	（會議、聚會）主持人、司儀
筆譯、譯者　번역가	사회자
口譯　통역사	藝人　연예인
廚師　요리사	搞笑藝人　개그맨
藥師　약사	偶像　아이돌
詩人　시인	演員　배우
小說家　소설가	導演　감독
公務員　공무원	家庭主婦　가정주부 / 주부
消防員　소방관 / 소방원	總統　대통령
老闆、CEO　사장	副總統　부통령
董事長、會長　회장	議員　의원
上班族、公司員工　회사원	國會議員　국회의원
職員　직원	警衛　경비원 / 경위

9. 職場② — 公司職位階級（회사직급）

委員 / 管理階層　임원（可參加理事會或董事會）
名譽會長　명예회장
會長、董事長　회장
副會長、副董事長　부회장
社長、總經理　사장
副社長、副總經理　부사장
代表理事、代表董事、執行董事　대표이사
專務理事　전무이사
常務理事　상무이사
社內理事　사내이사
社外理事　사외이사

中間管理階層　중간 관리자
室長　실장
組長、部門經理　팀장
部長　부장
次長　차장
科長、課長　과장
系長　계장

實務階層 / 實務者　실무자
代理　대리
主任　주임
職員、社員　사원
實習生　인턴
正式員工　정규직
臨時工、派遣員工　비정규직

🔍 10. 動物（동물）

生肖　띠	紅毛猩猩　오랑우탄
鼠　쥐	獐　고라니
牛　소	鹿　사슴
虎　호랑이	長頸鹿　기린
兔　토끼	獅子　사자
龍　용	豹　표범
蛇　뱀	鬣狗　하이에나
馬　말	貓　고양이
羊　양	狼　늑대
猴　원숭이	狐狸　여우
雞　닭	熊　곰
狗　개	大象　코끼리
豬　돼지	鱷魚　악어
	樹懶　나무늘보
陸地動物　육상 동물	青蛙　개구리
犀牛　코뿔소	蝸牛　달팽이
斑馬　얼룩말	烏龜　거북이
獵豹　치타	倉鼠　햄스터
水牛　물소	蜜袋鼯　슈가글라이더 /
狸　너구리	유대하늘다람쥐
大猩猩　고릴라	小飛鼠　하늘다람쥐
黑猩猩　침팬지	松鼠　다람쥐

鳥類　조류
烏骨雞　오골계
火雞　칠면조
鶴　두루미 / 학
鵜鶘　펠리컨
白鸛　황새
貓頭鷹　부엉이
烏鴉　까마귀
喜鵲　까치
麻雀　참새
海鷗　갈매기
鴿子　비둘기

海洋生物　해양 생물
魚　물고기
海狸　뉴트리아
河狸　비버
水豚　카피바라
水獺　수달
鯨魚　고래
鯊魚　상어
鯨鯊　고래상어
鮪魚　참치
鯖魚　고등어
鮟鱇魚　아귀
竹莢魚　전갱이
鯰魚　메기
河豚　복어

長腕小章魚　낙지
魷魚　오징어
章魚　문어
蛤蜊　조개
花蛤　바지락
紅蛤　홍합
牡蠣　굴
干貝　관자
鮑魚　전복
海螺　소라
海參　해삼
海鞘　멍게
海葵　말미잘
螃蟹　게
花蟹　꽃게
寄居蟹　소라게
帝王蟹　킹크랩
蝦子　새우
龍蝦　랍스터

昆蟲　곤충
蜜蜂　꿀벌
螞蟻　개미
白蟻　흰개미
蒼蠅　파리
蝴蝶　나비
蚊子　모기

語學知識小講堂 5

名詞的種類①：有情名詞、無情名詞

韓文依據名詞本身能不能表達感情，又分為有情名詞（유정명사）和無情名詞（무정명사）。

有情名詞 （유정명사）	像是人或動物這類可以表達感情的名詞。 【例】사람（人）、동물（動物）
無情名詞 （무정명사）	不能表達感情，像是植物或非生物這類不能表達感情的名詞。 【例】식물（植物）、물건（物品）

有情名詞的移動行為會被稱為「動作」（동작），而無情名詞的移動行為會被稱為「作用」（작용）。當我們要判斷什麼時候該使用「에게」或是「에」這類助詞時，可以依照對象是有情名詞還是無情名詞來辨別，雖然這兩者的界線有些模糊，而且有些動詞因為同時具有兩種特性，無法明確定義並分開使用，但還是可以做為使用時的辨別標準之一。

舉例來說，如果我們行為的對象是人或動物，助詞會使用「에게」；如果我們行為的對象是物品或植物，助詞就會使用「에」。例如：

아까 친구에게 이메일을 보냈어요.（剛剛寄信給朋友了。）

아까 출판사에 이메일을 보냈어요.（剛剛寄信給出版社了。）

🔍 11. 服裝（복장）、飾品（액세서리）

衣服　옷	襪子　양말
帽子　모자	鞋子　신발
圍巾　목도리 / 스카프 / 머플러	拖鞋　슬리퍼
領帶　넥타이	涼鞋　샌들
內衣　속옷	夾腳拖　쪼리
胸罩　브라	皮鞋　구두
內褲　팬티	長筒襪　스타킹
洋裝　원피스	耳環　귀걸이
T-shirt　티셔츠	耳墜　귀고리
襯衫　셔츠	手套　장갑
外套、大衣　외투	手錶　시계
夾克　재킷	手環、手鍊　팔찌
雪紡衫　블라우스	戒指　반지
西裝　양복 / 정장 / 수트	項鍊　목걸이
褲子　바지	腳鍊　발찌
牛仔褲　청바지	眼鏡　안경
裙子　치마	隱形眼鏡　렌즈
長裙　긴 치마	皮包、皮夾　지갑
長袖　긴 소매	登山包　배낭
短袖　반소매	背包　가방

　　在整理衣褲、配件類單字時，也可以一起整理經常搭配使用的穿戴類動詞，例如：

(1)시계를 차다／팔찌를 차다　戴手錶／戴手鍊

(2)모자를 쓰다／안경을 쓰다　戴帽子／戴眼鏡

(3)장갑을 끼다／귀걸이를 끼다　戴手套／戴耳環

(4)목걸이를 걸다／귀걸이를 걸다　戴項鍊／戴耳環

(5)마스크를 착용하다　戴口罩（穿戴）

(6)가방을 메다　背背包

(7)옷을 입다／바지를 입다　穿衣服／穿褲子

(8)양말을 신다／신발을 신다　穿襪子／穿鞋子

(9)목도리를 매다／넥타이를 매다　圍圍巾／繫領帶

(10) 목도리를 두르다　圍圍巾

🔍 12. 顏色（색깔／색채어）

紅色　**빨간색**	淺綠色　**연두색**
橘色　**주황색**	草綠色　**초록색**
黃色　**노란색 / 노랑색 / 황색**	藍色　**파란색**
金色　**금색**	天藍色　**하늘색**
銀色　**은색**	靛藍色　**남색**
灰色　**회색**	紫色　**보라색**
白色　**하얀색 / 흰색**	米色　**미색**
黑色　**검은색 / 검정색 / 까만색**	淺棕色　**베이지색**
粉紅色　**핑크색 / 분홍색**	褐色 / 棕色　**갈색**
綠色　**녹색**	栗色　**밤색**

象牙色　아이보리
杏色　살구색

皮膚色　피부색

🔍 13. 場所（장소）

店 / 商店　가게 / 상점	會議廳　컨퍼런스 룸
麵包店　빵집	醫院　병원
書局　서점	診所　진료소
便利商店　편의점	藥局　약국
百貨公司　백화점	大使館　대사관
雜貨店　잡화점	市政府　시청
餐廳　식당	公園　공원
西餐廳　레스토랑	超市　슈퍼마켓 / 슈퍼
自助餐　뷔페	大賣場　마트
路邊小吃攤　포장마차	市場　시장
學校　학교	傳統市場　전통시장 / 재래시장
教室　교실	夜市　야시장
宿舍　기숙사	KTV　노래방
補習班　학원	咖啡廳　카페 / 커피숍
圖書館　도서관	機場　공항
電影院　영화관	火車站　기차역
劇場　극장	地鐵站　지하철역
郵局　우체국	公車站　버스정류장
事務所　사무소	加油站　주유소
辦公室　사무실	體育館　체육관
會議室　회의실	游泳池　수영장
討論室　세미나 룸	健身房　헬스장

棒球場　야구장	理髮廳　이발소
足球場　축구장	廁所　화장실
籃球場　농구장	美術館　미술관
演唱會　콘서트	博物館　박물관
遊樂園　놀이공원 / 놀이동산	旅館　여관
夜店　클럽	青旅　게스트하우스
飯店　호텔	民宿　민박
汽車旅館　모텔	度假民宿　펜션
美容院　미용실	房屋仲介所　부동산

語學知識小講堂 6

名詞的種類②：普通名詞、固有／專有名詞

普通名詞 （보통명사）	用來通稱所有相同性質的名詞，因此又名為「通稱名詞」（통칭 명사）。 【例】사람（人）、도시（都市）、강（江）、나라（國家）
固有名詞／ 專有名詞 （고유명사）	所有相同性質的名詞中，需要特別獨立細分出來的名詞，因此又名為「特立名詞」（특립 명사）。 【例】人名→從人裡面細分出來，如서유、역청。 　　　都市名→從都市裡面細分出來，如서울（首爾）。 　　　江名→從江裡面細分出來，如한강（漢江）。 　　　國家名→從國家裡面細分出來，如한국（韓國）。 　　　公司名、機關名、商標名等，也都是固有名詞。

　　之所以需要了解什麼是普通名詞、什麼是固有名詞，主要是因為固有名詞有些使用上的限制：

1. 固有名詞不能跟表示數字的冠形詞（即한、두等數冠形詞）、助詞（如마다），以及表示複數的「－들」一起使用。
　　【例】한 한강 .（X）、일본마다（X）、서유들（X）
2. 除非有像是同名同姓等特殊情況，否則一般固有／專有名詞不能跟指示冠形詞（이、그、저／이런、그런、저런）一起使用。
　　【例】이 서유 .（X）、그런 역청（X）

🔍 14. 教育機關（교육기관）

幼稚園　유치원	小學生　초등학생 / 초딩
育幼院　보육원	國中生　중학생
小學 / 國小　초등학교	高中生　고등학생
中學 / 國中　중등학교 / 중학교	大學生　대학생
高中　고등학교	研究生　대학원생
大學　대학교	學士　학사
研究所　대학원	碩士　석사
補習班　학원	博士　박사
	交換學生　교환학생

🔍 15. 位置（위치）、方向（방향）

前面　앞	北　북
後面　뒤	南　남
上面　위	東　동
對面　맞은편 / 건너편	西　서
中間（在～之間）　사이	北邊　북쪽
中央（在～中央）　가운데 /	南邊　남쪽
중앙	東邊　동쪽
旁邊　옆	西邊　서쪽
附近　근처	右邊　오른쪽
轉彎處　모퉁이	左邊　왼쪽
底下 / 下面　아래 / 밑	反方向　반대편 / 반대쪽

🔍 16. 量詞（수분류사）、分類詞（분류사）、單位（단위）

物品　물건	**層（樓）　층**
個　개 / 낱	間（房間）　칸
種 / 項 / 個　가지	組　조
件（事件、案件）　건	劑（藥、湯藥）　제
瓶　병	帖（湯藥）　첩
碗　그릇	朵　송이
張　장	條 / 枝 / 根（細長物品）　가락
張 / 枚（紙、車票）　매	根 / 條（線、數）　오리
袋　봉지	根（線）　가닥
輛 / 架 / 臺　대	根　뿌리
艘（船）　척	棵 / 株（植物）　포기
發（子彈）　발	棵（樹）　그루
捆　단	枝（樹枝）　가지
串 / 捆（花）　다발	枝（蠟燭）　자루
串 / 捆（小黃魚、青魚、蕨菜，一串 20 個）　두름	棍 / 杆 / 枝 / 根　개비
桶　통	處（地方、地區）　곳
幅（畫）　폭	滴（水滴、水珠）　방울
件 / 套　벌	塊（豆腐）　모
件 / 套　세트	串（串在棍子的食物）　꼬치
件 / 套（做單件衣物所需的材料）　감	團（棉線一團）　덩이 / 덩어리
匹（布匹長度）　끗	顆 / 粒 / 個（小小圓圓的物品或果實）　알
雙（鞋子、襪子）　켤레	分（分數）　점
雙 / 對　쌍	魷魚 20 條　축
棟（樓）　채 / 동	明太魚 20 條　쾌
	座位（位子）　자리

盤 / 碟 접시		人 사람	
卷 / 冊 권		名 / 人 명	
卷（美國壁紙長度單位） 롤		位 분	
套（套書） 질		具（屍體） 구	
篇 / 首（詩） 편			
首（詩或歌） 수		重量 중량	
首 / 支 곡		公克 그램	
箱子 상자 / 박스		公斤 킬로그램	
頓（飯） 끼		公噸 톤	
圈 바퀴		斤 근	
倍 배		兩 량	
口 입			
局 판		容量 용양	
次（特定事情的次數） 번 / 회		毫升 밀리리터	
回 / 場 / 頓 / 番（計算某事結束		公升 리터	
一次的單位） 바탕			
步 걸음 / 보		長度 길이	
把 줌		奈米 나노	
把 / 撮 움큼		微米 미크론	
把 / 束 손		公釐 밀리미터	
		公分 센티미터	
		公尺 미터	
動物 동물		公里 킬로미터	
隻 마리		英寸 인치	
※以下量詞都可以用**마리**替代		英尺 피트	
頭（四隻腳的動物） 두		尺 척	
匹（四隻腳的動物） 필		光年 광년	
首（魚、鳥） 수			
尾（魚） 미			

時間　시간	面積　면적
秒　초	平方公分　제곱센티미터
分　분	平方公尺　제곱미터
小時　시간	公畝　아르
刻　각	公頃　헥타르
季度　분기	坪　평
季　시즌	
日 / 天　일	
月　달	
（幾）個月　개월	
年　년	
年度　년도	
週 / 星期　주 / 주일	
週年　주년	
年代　년대	
世紀　세기	

　　以上量詞的前面皆必須搭配表示數量的冠形詞一起使用，表示數量的冠形詞稱為「數冠形詞」（수 관형사），例如한（一）、두（二）、세（三）等。

　　另外，有的量詞可能同時具有不同的單位意思，這時候也可以另外整理出來。

줄기
1. 根（樹枝、草棍）
2. 支（山、河）
3. 眼淚
4. 股（火、煙）
5. 束 / 道（光線）

대
1. 枝 / 根（香菸）
2. 枝 / 條（細長物品，例如箭）
3. 下 / 拳（打的次數）
4. 針（打針的次數）
5. 顆（牙齒）
6. 根（排骨）

통
1. 封 / 份（信件、文書、證書）
2. 通（電話）

점
1. 分（分數）
2. 件（物品）
3. 絲 / 塊（小區塊）

두름
1. 串（20 隻魚的魚串）
2. 把（菜）

뭇
1. 捆（秸稈、木材、菜）
2. 束 / 把 / 捆（稻草）
3. 十條魚的單位
4. 塊（以前計量土地的單位）

방
1. 聲（槍聲）
2. 張（拍照次數）
3. 拳（用拳頭打的次數）

語學知識小講堂 7

冠形詞的種類

性狀冠形詞 （성상 관형사）	用來限制名詞、代名詞、數詞的性質或狀態範圍的冠形詞。 【例】새 안경（新眼鏡）、옛 사람（古人）、 　　　헌 집（舊房子）
指示冠形詞 （지시 관형사）	指稱在說話現場或句子內容所提及之對象以外的人時，所使用的冠形詞。 【例】이／그／저 사람（這／那／那個人） 　　　이런／그런／저런 일（這樣／那樣／那樣的事）
數冠形詞 （수 관형사）	用來表示事物數量的冠形詞。 【例】한 개（一個）、두 사람（兩個人）

*【參考】句中的冠形詞出現順序：指示冠形詞→數冠形詞→性狀冠形詞。

數冠形詞的種類

1. 定數（정수）：表確切數量的數字

	0	1	2	3	4
漢字詞	영	일	이	삼	사
固有詞	X	한	두	세	네

	5	6	7	8	9
漢字詞	오	육	칠	팔	구
固有詞	다섯	여섯	일곱	여덟	아홉

	10	20	30	40	50
漢字詞	십	이십	삼십	사십	오십
固有詞	열	스무	서른	마흔	쉰

	60	70	80	90	
漢字詞	육십	칠십	팔십	구십	
固有詞	예순	일흔	여든	아흔	

	百	千	萬	億	兆
漢字詞	백	천	만	억	조
固有詞	X	X	X	X	X

　　另外，當「3」和「4」的固有詞做為數冠形詞，放在特定量詞前面時，有特殊寫法。

　　(1)서（3）／너（4）：돈（錢）、말（斗）、발（庹）、푼（分）

　　(2)석（3）／넉（4）：냥（兩）、되（升）、섬（石）、자（捆）

	第一	第二	第三	第四	第五
漢字詞	제일	제이	제삼	제사	제오
固有詞	첫째	둘째	셋째	넷째	다섯째

	第六	第七	第八	第九	第十
漢字詞	제육	제칠	제팔	제구	제십
固有詞	여섯째	일곱째	여덟째	아홉째	열째

	第二十	第三十	第四十	第五十
漢字詞	제이십	제삼십	제사십	제오십
固有詞	스무째	서른째	마흔째	쉰째
	第六十	第七十	第八十	第九十
漢字詞	제육십	제칠십	제팔십	제구십
固有詞	예순째	일흔째	여든째	아흔째

	第一百	第一千	第一萬	第一億	第一兆
漢字詞	백째／제일백	천째／제천	만째／제만	억째／제억	조째／제조
固有詞	X	X	X	X	X

2. 不定數（부정수）：表大略數量的數字

	約一二	約二三	約三四	約四五	約五六	約二三四
漢字詞	일이	이삼	삼사	사오	오륙	X
固有詞	한두	두세	서너	네댓／너더댓	대여섯	두서너

	約第一第二	約第二	約第三第四	約第五	約第二三四
漢字詞	X	X	X	X	X
固有詞	한두째	두어째	서너째	댓째	두서너째

　　漢字數冠形詞通常和漢字的量詞、分類詞、單位詞一起使用，或像是表示「金錢」這種，本身數字、數量偏大的，會使用漢字數冠形詞。

　　固有數冠形詞通常和韓語固有的量詞、分類詞、單位詞一起使用，或像是表示「小時」這種，本身數字、數量較小的，會使用漢字數冠形詞。

　　雖然大致上是這樣分類，還是有很多例外，因為漢字數冠形詞與固有數冠形詞的使用時機牽涉到使用習慣及其他因素，要統一歸類不太容易，像是表示時間整點的「시」（時／點）雖然是漢字詞，前面卻必須接固有數冠形詞。在語學知識小講堂 8 整理的數詞也是差不多的情形（見 P.202），所以這個部分只能遇到一個、背一個，比較保險。

🔍 17. 國家① (국가／나라) ── 亞洲 (아시아)

臺灣	대만 / 타이완	汶萊	브루나이
韓國	대한민국 / 한국 / 남한 / 남조선	俄羅斯	러시아
		印度	인도
北韓	북한 / 북조선	尼泊爾	네팔
中國	중국	孟加拉	방글라데시
日本	일본	巴基斯坦	파키스탄
蒙古	몽골	不丹	부탄
緬甸	미얀마	阿富汗	아프가니스탄
寮國	라오스	斯里蘭卡	스리랑카
泰國	태국 / 타이	馬爾地夫	몰디브
柬埔寨	캄보디아	哈薩克	카자흐스탄
馬來西亞	말레이시아	吉爾吉斯	키르기스스탄
新加坡	싱가포르	烏茲別克	우즈베키스탄
越南	베트남	土庫曼	투르크메니스탄
印尼	인도네시아	塔吉克	타지키스탄
東帝汶	동티모르	※스탄 : 土地之意	
菲律賓	필리핀		

🔍 18. 國家② ── 歐洲 (유럽)

羅馬教廷 / 梵蒂岡	교황청	羅馬尼亞	루마니아
英國	영국	冰島	아이슬란드
愛爾蘭	아일랜드	盧森堡	룩셈부르크
西班牙	스페인	立陶宛	리투아니아
葡萄牙	포르투갈	摩納哥	모나코
法國	프랑스	白俄羅斯	벨라루스

德國　독일	馬爾他　몰타
希臘　그리스	保加利亞　불가리아
義大利　이탈리아	塞爾維亞　세르비아
波蘭　폴란드	斯洛伐克　슬로바키아
丹麥　덴마크	斯洛維尼亞　슬로베니아
挪威　노르웨이	亞美尼亞　아르메니아
瑞典　스웨덴	亞塞拜然　아제르바이잔
芬蘭　핀란드	愛沙尼亞　에스토니아
瑞士　스위스	烏克蘭　우크라이나
比利時　벨기에	喬治亞　조지아
荷蘭　네덜란드	科索沃　코소보
捷克　체코	克羅埃西亞　크로아티아
奧地利　오스트리아	土耳其　터키
拉脫維亞　라트비아	匈牙利　헝가리

🔍 19. 國家③──美洲（아메리카）

美國　미국 / 미합중국	厄瓜多　에콰도르
加拿大　캐나다	宏都拉斯　온두라스
墨西哥　멕시코	烏拉圭　우루과이
瓜地馬拉　과테말라	牙買加　자메이카
尼加拉瓜　니카라과	智利　칠레
多明尼加　도미니카 공화국	哥倫比亞　콜롬비아
巴哈馬　바하마	古巴　쿠바
玻利維亞　볼리비아	巴拿馬　파나마
巴西　브라질	巴拉圭　파라과이
阿根廷　아르헨티나	秘魯　페루
海地　아이티	

🔍 20. 國家④──中東（중동）、非洲（아프리카）

黎巴嫩　레바논	民主剛果　콩고 민주 공화국
利比亞　리비아	剛果共和國　콩고 공화국
摩洛哥　모로코	象牙海岸　코트디부아르
沙烏地阿拉伯　사우디아라비아	肯亞　케냐
敘利亞　시리아	辛巴威　짐바브웨
阿拉伯聯合大公國　아랍에미리트	烏干達　우간다
阿爾及利亞　알제리	衣索比亞　에티오피아
葉門　예멘	蘇丹　수단
約旦　요르단	索馬利亞　소말리아
伊拉克　이라크	布吉納法索　부르키나 파소
伊朗　이란	馬拉威　말라위
以色列　이스라엘	馬達加斯加　마다가스카르
埃及　이집트	盧安達　르완다
卡達　카타르	賴比瑞亞　라이베리아
科威特　쿠웨이트	南非　남아프리카
突尼西亞　튀니지	南蘇丹　남수단
巴勒斯坦　팔레스타인	奈及利亞　나이지리아
迦納　가나	納米比亞　나미비아

🔍 21. 國家⑤──大洋洲（오세아니아）

澳洲　오스트레일리아
紐西蘭　뉴질랜드
索羅門群島　솔로몬 제도
帛琉　팔라우
斐濟　피지
巴布亞紐幾內亞　파푸아뉴기니
吐瓦魯　투발루

　　如果想要查詢國家官方名稱的韓文，可以參考韓國的外交部（외교부）網站，按照下列步驟查詢：

(1)進入外交部網站主頁，在上方的列表選擇「領事・國家／地區」（영사・국가／지역），點選「國家／地區資訊」（국가／지역 정보），再點選「國家／地區檢索」（국가／지역 검색）。

(2)點開後會出現一張世界地圖，選擇地圖上的各個區域，例如美洲、歐洲等，就會出現那個區域所有國家的列表。或者也可以直接在搜尋欄位，輸入你想要查詢的國家名。

圖 4-1　世界各國的韓文資料檢索

資料來源：韓國外交部網站

(3)假設點選日本，可以看到以下資訊：國家的韓文、英
　　文名、首都（수도）、國土面積（면적）、大使館網
　　站（홈페이지）、安全旅遊資訊（안전여행정보）、
　　締約現況資訊（약황정보）、領事總館與分館（총영
　　사관 및 분관 바로가기）。

圖 4-2　國家相關的韓文資料

資料來源：韓國外交部網站

🔍 22. 時間（시간）、季節（계절）

現在	지금 / 이제 / 현재	後年	내후년 / 후년
過去	과거	年初	연초
未來	미래	年底	연말
今天	오늘	時間 / 小時	시간
昨天	어제 / 어저께	天 / 日	일 / 날
明天	내일	日期	날짜
前天	그저께	週	주일 / 주
後天	모레	月	월
大後天	낼모레 / 글피	年	년 / 해
大前天	그그저께	時 / 點	시
幾天前 / 兩三天前	엊그제	分	분
這週	이번 주	秒	초
上週	저번주 / 지난주	早上	아침
下週	다음 주	上午	오전
週末	주말	中午	점심
這個月	이번 달	下午	오후
上個月	지난달	傍晚	저녁
下個月	다음 달	晚上	밤
月初	월초	深夜 / 半夜	야밤
月中	중순	凌晨	새벽
月底	월말	一整天	하루종일
今年	올해 / 금년		
去年	작년 / 지난해		
明年	내년		
前年	재작년		

四季　사계	「幾天」的固有詞
春　봄	一天　하루
夏　여름	兩天　이틀
秋　가을	三天　사흘
冬　겨울	四天　나흘
	五天　닷새
	六天　엿새
	七天　이레
	八天　여드레
	九天　아흐레
	十天　열흘

　　用來表示數量、單位的固有詞，通常都是前幾個最常用，像是表達「幾天」的固有詞，例如하루（一天）、이틀（兩天）就是日常生活中最常用的，其他如사흘（三天）、나흘（四天）等，使用頻率則沒有하루、이틀那麼高。但在寫筆記時，還是可以補充在旁邊當小知識，以後就可以更快速清楚地複習這些內容！

　　另外，如果要表示「每月的第幾天／幾號」，除了第一天（1號）必須寫成「초하루」以外，其他從第二天（2號）、第三天（3號）到第十天（10號），都可以直接用이틀、사흘……열흘來表達，不一定要加「초」（初）。

🔍 23. 二十四節氣（24 절기）

春 봄		秋 가을	
立春	입춘	立秋	입추
雨水	우수	處暑	처서
驚蟄	경칩	白露	백로
春分	춘분	秋分	추분
清明	청명	寒露	한로
穀雨	곡우	霜降	상강
夏 여름		冬 겨울	
立夏	입하	立冬	입동
小滿	소만	小雪	소설
芒種	망종	大雪	대설
夏至	하지	冬至	동지
小暑	소서	小寒	소한
大暑	대서	大寒	대한

🔍 24. 天氣（날씨）、氣象（기상）

太陽	태양 / 해	霧	안개
月亮	달	雪	눈
陽光	햇빛	閃電	번개
月光	달빛	雷	천둥
雲	구름	霜	서리
雨	비	露	이슬
風	바람		

溫度　온도	颶風　구풍 / 허리케인
溼氣　습기	乾旱　가뭄
溼度　습도	洪水　홍수
室溫　실온	寒冷　추위
梅雨　장마	暑氣　더위
雷陣雨　소나기	酷暑 / 酷熱　무더위
颱風　태풍	零上　영상
	零下　영하

　　整理像是雨、雪這種氣象名詞時，可以順手整理經常搭配使用的動詞或形容詞，如下表。

下雨　비가 오다 / 내리다	閃電　번개가 치다
下雪　눈이 오다 / 내리다	出太陽　해가 나다
颱風　바람이 불다	日出　일출하다
起霧　안개가 끼다	日落　해가 지다
乾燥　건조하다	晴朗的　맑다
溼度高　습도가 높다	陰的　흐리다
溼度低　습도가 낮다	熱的　덥다
溼氣重　습기가 많다 / 차다	冷的　춥다
天氣好　날씨가 좋다	涼爽的　시원하다
天氣不好　날씨가 안 좋다	涼颼颼的　쌀쌀하다
氣溫下降　기온이 떨어지다	溼熱的 / 悶熱的　무덥다
氣溫上升　기온이 올라가다	怕冷　추위를 타다
打雷　천둥이 치다	怕熱　더위를 타다

🔍 25. 氣象特報（기상특보）

雷雨　뇌우	乾燥　건조
暴雨　폭우	森林大火　산불
豪雨 / 傾盆大雨　호우	風暴潮　폭풍해일
強風（陸地強風）　강풍	低氣壓　저기압
風浪（海邊強風）　풍랑	熱帶型低氣壓　열대성 저기압
炎熱 / 酷熱　폭염	溫帶氣旋　온대성 저기압
寒流　한파	高氣壓　고기압
暴雪　대설	正常　정상
沙塵暴　황사	注意警報　주의보
霧霾　미세먼지	警報　경보
	※嚴重程度：경보〉주의보〉정상

🔍 26. 身體部位（신체부위）

頭　머리	下巴　턱
頭髮　머리 / 머리카락	脖子　목
臉　얼굴	肩膀　어깨
額頭　이마	手　손 / 팔
眼睛　눈	前臂　팔뚝
鼻子　코	上臂　상박 / 위팔
嘴巴　입	下臂　하박
眉毛　눈썹	小臂　아래팔
眼睫毛　속눈썹	手肘　팔꿈치
瞳孔　동공	手腕　손목 / 팔목
眼珠　눈동자	手心　손바닥

手指甲　손톱
手背　손등
手指　손가락
腋下　겨드랑이
腋毛　겨드랑이털
胸部　가슴
肚子　배
肚臍　배꼽
背　등

屁股　엉덩이
腳　다리 / 발
大腿　허벅지
小腿　종아리
膝蓋　무릎
腳掌　발바닥
腳背　발등
腳趾　발가락
腳趾甲　발톱

整理身體相關部位時，可以聯想到內臟（내장）之類的器官（장기），補充在旁邊。

腦　뇌
大腦　대뇌
小腦　소뇌
腦幹　뇌간
大腦皮質　대뇌피질
食道　식도
胃　위
肝　간
肺　폐 / 허파
心臟　심장
橫隔膜　횡격막

膽囊　담낭 / 쓸개
脾臟　비장
胰臟　췌장 / 이자
大腸　대장
小腸　소장
盲腸　맹장
十二指腸　십이지장
直腸　직장
肛門　항문
闌尾　충수

🔍 27. 交通工具（교통수단）

獨輪車　외발자전거	計程車　택시
脚踏車　자전거	火車　기차
三輪車　세발자전거	公車　버스
滑板車　킥보드	市內公車　시내버스
電動平衡車　세그웨이	客運　고속버스
電動獨輪車　전동 휠	輕軌　경전철
電動滑板車　전동 킥보드	路面電車　노면 전차
輕型摩托車　스쿠터	觀光巴士　관광버스
摩托車　오토바이	地鐵　지하철
電動摩托車　전동스쿠터	機場鐵路　공항철도
電動（汽）車　전기차	高鐵 / 高速鐵路　고속철도
汽車　자동차	磁浮列車　자기부상열차
馬車　마차	纜車　케이블카
人力車　인력거	飛機　비행기
轎車　승용차	直升機　헬리콥터
私家車　자가용	熱氣球　열기구
禮車　웨딩카	船　배
廂型車　승합차 / 밴	木船 / 渡船　나룻배
卡車　트럭	鴨子船　오리배
混凝土攪拌車　레미콘	遊艇　보트
貨車　화물차	客輪　여객선
消防車　소방차	郵輪　크루즈
警車　경찰차	渡輪　카페리

🔍 28. 家庭生活② ── 家居用品（生活用品）

書桌　책상	衛生紙　휴지
檯燈　스탠드	化妝紙、手紙、衛生紙　화장지
床　침대	溼紙巾　물티슈
枕頭　베개	衛生棉　생리대
棉被　이불	化妝品　화장품
衣櫃　옷장	充電器　충전기
書櫃　책장	插頭　플러그
書架　책꽂이	插座　콘센트
鏡子　거울	垃圾桶　휴지통
窗戶　창문	馬桶　변기
椅子　의자	蓮蓬頭　샤워기
抽屜　서랍	牙刷　칫솔
花瓶　꽃병	牙膏　치약
相框　액자	藥　약
電風扇　선풍기	時鐘、手錶　시계
冷氣　에어컨	包包　가방
電視　텔레비전 / 티비	背包　배낭
電腦　컴퓨터	平底鍋　프라이팬
筆記型電腦　노트북	碗　그릇
冰箱　냉장고	筷子　젓가락
化妝檯　화장대	湯匙　숟가락
吹風機　헤어 드라이기 /	叉子　포크
헤어드라이어	刀子　나이프
梳子　빗	

可以從自己生活周遭有的事物發想，做為筆記的題材。

🔍 29. 學校生活① ──書的種類（책의 종류）

書籍　서적 / 책 / 도서	美術書　미술책
小說　소설	食譜　요리책
漫畫（書）　만화책	週刊　주간 잡지
雜誌　잡지	月刊　월간 잡지
繪本、圖文書、故事書　그림책	電話簿　전화번호부
童話書　동화책	論文集　논문집
語學書　어학책	貼紙書　스티커북
文學書　문학책	商品型錄　카탈로그
詩集　시집	史書　역사책
隨筆集　수필집	字典 / 辭典　사전
散文集　에세이집	百科全書　백과사전
樂譜集　악보집	偉人傳（記）　위인전
歌曲集　노래책	自傳　자서전
海報　화보	法典　법전
寫真集　화보집	課本 / 教科書　교과서 / 교재
攝影集　사진집	參考書　참고서
劇本　대본	學習書　학습서
筆記本　노트 / 공책	科普書　과학책
著色本　색칠공부	哲學書　철학책
手帳 / 手冊　수첩	古蘭經 / 可蘭經　코란
遊戲書　게임북	經書　경전
說明書　설명서	聖經　성경
說明書 / 指南　매뉴얼	佛經　불경
彈出書 / 立體書　팝업북	佛典　불전
有聲書　사운드북	

🔍 30. 學校生活② ──文具（문구）

書寫工具　필기구
鉛筆　연필
自動鉛筆　샤프 펜슬 / 샤프
自動鉛筆筆芯　샤프심
免削鉛筆　로켓 펜슬
削鉛筆機　연필깎이
原子筆　볼펜
中性筆　중성펜
水性筆　수성펜
油性筆　유성펜
三色原子筆　3 색 볼펜
鋼筆　만년펜
羽毛筆　깃털펜
麥克筆　마커
簽字筆　사인펜
電腦用簽字筆（畫卡用）
컴퓨터 사인펜
彩虹筆　블럭 색연필
螢光筆　형광펜
粉筆　분필
黑板　칠판
白板筆　보드 마커
白板　화이트보드
黑板擦　칠판 지우개
白板擦　화이트보드 지우개
板擦機　칠판 지우개 청소기
橡皮擦　지우개
修正液 / 立可白　수정액

修正帶 / 立可帶　수정테이프

黏貼工具　접착 도구
膠水　물풀
口紅膠　딱풀
膠帶　테이프
紙膠帶　마스킹 테이프
雙面膠　양면테이프
接著劑　접착제
三秒膠　순간 접착제

紙製品　종이제품
卡片　카드
信紙　편지지
信封　편지봉투
筆記本　공책 / 노트
手冊 / 記事本　수첩
線圈筆記本　스프링노트
便利貼　포스트잇
標籤紙　포스트잇 플래그
色紙　색종이
稿紙　원고지
影印紙　복사용지
練習本　연습장
素描本　스케치북
包裝紙　포장지
貼紙　스티커

美術用品　미술용품	事務文具　사무용품
書法用品　서예용품	直尺　자
自來水毛筆　붓펜	三角尺　삼각자
蠟筆　크레용	捲尺　줄자
粉蠟筆　크레파스	圓規　컴퍼스
粉彩筆　파스텔	量角器　각도기
色鉛筆　색연필	釘書機　스테이플러
油性色鉛筆　유성 색연필	釘書針　스테이플러 심
水彩色鉛筆　수채색연필	起釘器　제침기
水筆 / 自來水筆　워터브러쉬	鉛筆盒 / 筆筒 / 筆袋　필통
水彩筆　수채화붓	打孔器　펀칭기
顏料　물감	夾子 / 迴紋針　클립
水彩顏料　수채화 물감	長尾夾　집게클립
美術用水桶　수채통	圖釘　압정 / 압핀
調色盤　팔레트	印泥　인주
壓克力顏料　아크릴 물감	印章　도장 / 인장
壓克力畫筆　아크릴붓	墊板　책받침
壓克力輔助劑　아크릴 보조제	磁鐵　자석
油畫顏料　유화 물감	橡皮筋　고무줄
油畫畫筆　유화붓	L 型資料夾 / L 夾　L 자파일
油畫輔助劑　유화 보조제	活頁資料夾　바인더
油畫刀　유화나이프	文件夾板　클립보드
油畫棒　오일바 / 오일스틱	文件夾 / 檔案夾　클리어파일
畫板　화판	文件架　파일꽂이
黏土（小孩玩的）　점토	書架　책꽂이
紙黏土（白色的）　지점토	閱讀架　독서대
陶土　찰흙	文件櫃 / 檔案櫃　서류함

碎紙機　문서세단기 / 세절기
打字機　타자기
護貝機　코팅기
製圖板　제도판

裁剪工具　재단 도구
剪刀　가위
美工刀　커터칼
雕刻刀　조각칼
切割墊　커팅매트

文房四寶 / 文房四友　문방사우
毛筆　붓 / 필
墨　먹 / 묵
紙　종이 / 지
硯　벼루 / 연

語學知識小講堂 8

數詞的種類

數詞（수사）有兩大種類，分別是：

數量詞（양수사）	表事物數量的數字。
序數詞（서수사）	表事物順序的數字。

定數（정수）：表確切數量的數字

1. 數量詞

	0	1	2	3	4
漢字詞	영／공	일	이	삼	사
固有詞	X	하나	둘	셋	넷

	5	6	7	8	9
漢字詞	오	육	칠	팔	구
固有詞	다섯	여섯	일곱	여덟	아홉

	10	20	30	40	50
漢字詞	십	이십	삼십	사십	오십
固有詞	열	스물	서른	마흔	쉰

	60	70	80	90	
漢字詞	육십	칠십	팔십	구십	
固有詞	예순	일흔	여든	아흔	

	百	千	萬	億	兆
漢字詞	백	천	만	억	조
固有詞	X	X	X	X	X

*【參考】現在已不使用的固有數字：온（百）、즈믄（千）。

2. 序數詞

	第一	第二	第三	第四	第五
漢字詞	제일	제이	제삼	제사	제오
固有詞	첫째	둘째	셋째	넷째	다섯째
	第六	第七	第八	第九	第十
漢字詞	제육	제칠	제팔	제구	제십
固有詞	여섯째	일곱째	여덟째	아홉째	열째

	第二十	第三十	第四十	第五十
漢字詞	제이십	제삼십	제사십	제오십
固有詞	스무째	서른째	마흔째	쉰째

	第六十	第七十	第八十	第九十
漢字詞	제육십	제칠십	제팔십	제구십
固有詞	예순째	일흔째	여든째	아흔째

	第一百	第一千	第一萬	第一億	第一兆
漢字詞	백째／ 제일백	천째／ 제천	만째／ 제만	억째／ 제억	조째／ 제조
固有詞	X	X	X	X	X

不定數（부정수）：表大略數量的數字

1. 數量詞

	約一二	約二三	約三四	約四五	約五六	約 二三四
漢字詞	일이	이삼	삼사	사오	오륙	X
固有詞	한둘	두셋	서넛	네댓／ 너더댓	대여섯	두서넛

2. 序數詞

	約第一第二	約第二	約第三第四	約第五	約第二三四
漢字詞	X	X	X	X	X
固有詞	한두째	두어째	서너째	댓째	두서너째

數詞和數冠形詞（見 P.181）在使用上有兩個差異。

1. 數冠形詞後面可以接被修飾的名詞或是單位依存名詞
   （단위 의존 명사），但數詞沒有這個功能。
   【例】한 개（一個）、두 명（兩名）、소주 네 병（四
   瓶燒酒）
   하나 개（X）、둘 명（X）

2. 數詞後面可以加助詞，但數冠形詞後面不能加助詞。
   【例】하나는 ...（一個是……）、둘이 친해 .（兩個人
   很熟。）
   한은（X）、두이（X）

🔍 31. 休閒娛樂（레저）①──興趣（취미）

看書 책을 읽다	睡覺 잠을 자다
讀書 공부하다	跳舞 춤을 추다
旅行 여행하다	健身 헬스하다
購物 쇼핑하다	學習語言 언어를 배우다
運動 운동하다	蒐集東西（如郵票우표、瓶蓋병
爬山 등산하다	뚜껑、貼紙스티커）
聽音樂 음악을 듣다	물건을 수집하다
拍照 사진을 찍다	變魔術 마술을 부리다
畫畫 그림을 그리다	散步 산책하다
釣魚 낚시하다	上網 인터넷을 하다
做菜 / 料理 / 煮飯 요리하다	逛展覽 전시회를 구경하다
看電影 영화를 보다	整理房間 방을 정리하다
看電視 티비를 보다 /	打掃 청소하다
텔레비전을 보다	化妝 화장하다
看劇 드라마를 보다	去演唱會 콘서트에 가다
唱歌 노래를 부르다	寫作 글을 쓰다
演奏樂器 악기를 연주하다	寫書法 서예를 하다
玩遊戲 게임하다	摺紙 종이를 접다
玩桌遊 보드 게임을 하다	織毛線 뜨개질을 하다

🔍 32. 休閒娛樂② ── 運動（운동）、體育（체육）

籃球	농구	潛水	잠수
棒球	야구	跳水	다이빙
足球	축구	跆拳道	태권도
桌球	탁구	柔道	유도
網球	테니스	劍道	검도
羽毛球	배드민턴	空手道	공수도
保齡球	볼링	舉重	역도
排球	배구	摔跤 / 角力	레슬링
曲棍球	하키	韓式摔跤 / 角力	씨름
撞球	당구	擊劍	펜싱
冰球	아이스하키	格鬥	격투기
水球	수구	武術	무술
壘球	소프트볼	拳擊	권투
美式足球 / 橄欖球	미식축구	相撲	스모
高爾夫球	골프	田徑	육상 경기
躲避球	피구	馬拉松	마라톤
手球	핸드볼	登山 / 爬山	등산
合球	코프볼	攀岩	암벽 등반
滑雪	스키	游泳	수영
溜冰	스케이트	體操	체조
※【例】스케이트를 타다 / 하다		瑜伽	요가
直排輪	인라인 스케이트	舞蹈	댄스
衝浪	서핑	騎腳踏車	자전거를 타다

　　運動類可以結合時事來做筆記，像是遇到奧運時期，就可以將奧運競賽項目或是相關的體育用品一起整理出來。之後看到新聞或體育主題的韓劇，就能更快了解內容。

語學知識小講堂 9

副詞的種類

成分副詞 （성분 부사）	修飾句子內某個特定成分、句子一部分的副詞。 【例】과일을 잘 먹었어요 .（好好地吃完了水果。） 　　→잘（好好地）修飾後面的 먹었다（吃）這 　　　個字。 　　저는 진짜 좋아요 .（我真的喜歡。） 　　→진짜（真的）修飾後面的 좋다（喜歡）這 　　　個字。
句子副詞 （문장 부사）	修飾句子整體的副詞，擺放位置比成分副詞更自由。 【例】그래서 이번달도 가야 돼요 .（所以這個月也 　　　要去。） 　　→그래서（所以）修飾整個句子。 　　설마 네가 거짓말 한 거였어 ?（你該不會說 　　謊吧？） 　　→설마（難道、不會）修飾整個句子。

　　成分副詞又可細分為性狀副詞（성상 부사）和指示副詞（지
시 부사）。

性狀副詞 （성상 부사）	主要用來修飾動詞、形容詞的副詞，性狀副詞的主 要功能是將人或物的模樣、性質與狀態限定在一個 特定的範圍內。 【例】빨리 가요 .（快去。） 　　→在 가요（去）前面加上 빨리（快），會讓 　　　去這個動作變成不只是去，而且是要「快」 　　　去，讓對象被限制在「快」的狀態。

指示副詞 （지시 부사）	說話時用來指稱場所或時間，或是提及前面講過的話時所使用的副詞。 【例】이리（這裡／這樣）、그리（那裡／那樣）、저리（那裡／那樣）、요리（這兒）、고리（那兒）、조리（往那裡／往那邊）

　　句子副詞又可細分為樣態副詞（양태 부사）和接續副詞／接續詞（접속 부사）。

樣態副詞 （양태 부사）	表示話者態度的副詞。 【例】과연（果然／確實）、물론（當然）、설마（難道）、아마（也許／可能）、비록（儘管）、만일（萬一）、아무리（不管／無論）
接續副詞 （접속 부사）	連接句子與句子、單字與單字的副詞。 【例】그리고（還有）、그러나（但是）、곧（也就是／換句話說）、즉（即）

🔍 33. 結婚（결혼）、戀愛（연애）、約會（데이트）

戀愛、約會
論及婚嫁的相親　선을 보다
相親　소개팅을 하다
幫人牽紅線　중매를 들다
當月老、媒人　중매를 서다
一見鍾情　첫눈에 반하다
陷入愛情　사랑에 빠지다
立刻陷入愛情　금사빠 (금방 사
랑에 빠지다)
容易陷入愛情　쉽사빠 (쉽게 사
랑에 빠지다)
漁場管理　어장관리
腳踏兩條船　양다리 (를) 걸치다
曖昧　썸을 타다
曖昧男　썸남
曖昧女　썸녀
戀愛　연애하다
喜歡　좋아하다
交往　사귀다 / 만나다
愛　사랑하다
求婚　프러포즈하다
求婚花束　프러포즈 꽃다발
求婚戒指　프러포즈 반지
求婚禮物　프러포즈 선물
求婚手鐲　프러포즈 팔찌
同居　동거하다

同居男　동거남
同居女　동거녀
同居男女　동거 남녀

結婚
結婚信物（包含訂婚、結婚戒
指）　결혼예물
相見禮（雙方父母初見面）
상견례
訂婚　약혼하다
訂婚儀式　약혼식
訂婚期間　약혼기
訂婚戒指　약혼 반지
準新郎　예비 신랑
準新娘　예비 신부
未婚夫　약혼자
未婚妻　약혼녀
結婚 / 婚姻　결혼 / 혼인
結婚　결혼하다 / 혼인하다
喜帖 / 邀請函　청첩장
新郎禮服　예복
婚紗　웨딩드레스
娶妻　장가가다
嫁人　시집가다
結婚典禮　결혼식 / 예식 / 혼례
結婚禮堂　결혼식장 / 웨딩홀

賓客　하객
禮金　축의금
新郎　신랑
新娘　신부
伴郎、伴娘　들러리
新娘化妝　신부 화장
喜宴　피로연
祝歌　축가
新娘捧花　부케
結婚旅行　신혼여행
結婚登記　혼인신고
婚姻申報／登記書　혼인신고서
結婚證書　혼인증서
見面禮（新娘送給公婆）／聘禮
폐백
彩禮綢緞　예단
結婚用品、費用　혼수
戀愛結婚／自由結婚　연애결혼
戰略結婚／企業聯姻　정략결혼
把嫁給有錢人當職業　취집하다
退婚／解除婚約　파혼하다

婚後
新婚夫妻　신혼부부
婚房　신혼집
結婚紀念日　결혼기념일
父親本家　친가
母親娘家　외가
懷孕　임신하다
子女　자식
親生子女　친자／친자식
養子　양자
家庭主婦　가정주부／주부
家庭主夫　퐁퐁남
親子鑑定　친자 확인
不孕症　불임증
無精症　무정자증
先上車後補票／未婚先孕　속도
위반
不倫／外遇　불륜
劈腿／外遇　바람을 피우다
小三　내연녀
小王　내연남
通姦　간통하다
離婚　이혼하다
協議離婚　합의 이혼
贍養　부양하다
贍養費　부양비
養育費　양육비

🔍 34. 政治（정치）

中文	韓文	中文	韓文
總統	대통령	選區	선거구
副總統	부통령	投票區	투표구
行政院長 / 總理	총리 / 국무총리	投票箱	투표함
立法委員 / 國會議員	국회 의원	選委會	선거관리위원회
地方首長 / 道知事	도지사	身分證	주민등록증
地方議會議員	지방의회 의원	印章	인장
道議員 / 市議員	도의원 / 시의원	選舉公報	선거공보물
政治	정치	競選活動	선거 운동
政治人物 / 政客	정치인	開票所	개표소
投票	투표 / 투표하다	開票	개표하다
公開投票	공개투표	監票員	감표 위원
無記名投票	무기명투표	當選	당선
投票日	투표일 / 선거일	當選人	당선인
投票所	투표소	執政黨	여당
候選人	후보자	在野黨	야당
選票	투표용지	政見	공약
支持者	지지자	參選	출마하다
選舉法	선거법	賄賂物	뇌물
選民	유권자	行賄受賂	뇌물수수
有投票權者	투표권자		

　　同樣地，在整理政治主題的筆記時也可以聯想一些相關概念，像是公民課的選舉四原則（선거 4 원칙），可以一起補充進來，還可以順便複習以前學過的知識！

選舉四原則
普通選舉　보통선거
平等選舉　평등선거
直接選舉　직접선거
祕密投票　비밀선거

🔍 35. 政治體制（정치 체제）

國體　국가 주체
君主國　군주국
君主立憲制　입헌 군주제
君主專制　전제 군주제
共和國　공화국

政體　정치 주체
總統制　대통령제
半總統制　반대통령제
議會內閣制　의원 내각제
委員會制　주석제
一黨制　일당제
君主制　군주제
共和制　공화제
民主制　민주제
獨裁制　독재제
聯邦制　연방제
單一制　단일제 / 단일 국가 /
　　　　　단방제

立憲制　입헌 정체
專制政體　전제 정체
威權主義　권위주의
自由意志主義　자유 지상주의
社會主義　사회주의
共產主義　공산주의
封建主義　봉건주의
殖民主義　식민주의
資本主義　자본주의
民主主義　민주주의
無政府主義　아나키즘
獨裁政體　독재
寡頭政治　과두제
臨時政府　임시정부

政黨制度　정당 제도
一黨制　일당제
兩黨制　양당제
多黨制　다당제

韓國三權分立 vs 臺灣五權分立

　　韓國政府的權力分立是三權分立（삼권분립），分為：行政部（행정부）、立法部（입법부）、司法部（사법부）。

　　而臺灣則是五權分立（오권분립），分為：行政院（행정원）、立法院（입법원）、司法院（사법원）、考試院（고시원）、監察院（감사원）。

語學知識小講堂 10

可變語和不變語

　　有些韓文單字的形態會隨著「活用」（動詞、形容詞與語尾結合的現象）產生變化，依照單字會不會變化，可以將單字分為「可變語」（가변어）和「不變語」（불변어）。

可變語 （가변어）	形態會變化的單字。 【例】動詞、形容詞、이다。
不變語 （불변어）	形態不會變化的單字。 【例】名詞、代名詞、數詞（數量詞、序數詞）、 　　　感嘆詞、副詞、冠形詞、助詞（除了이다）。

15 個人常用的單字

句號。	마침표 .
逗號，	쉼표 ,
問號？	물음표 ?
驚嘆號！	느낌표 !
冒號：	쌍점 :
分號；	쌍반점 ;
間隔號·	가운뎃점 ·
斜線號／	빗금 /
連字號－	붙임표 -
小括號（）	소괄호 ()
中括號〔〕	중괄호 {}
大括號｛｝	대괄호 []
單引號「」	작은 따옴표 ' '
雙引號『』	큰 따옴표 " "
刪節號……	줄임표 ......
破折號──	줄표 ─
書名號〈〉《》	낫표「」/ 겹낫표『』
隱諱號×	숨김표 × / ○

排版符號　타이포그래피	豎線　수직선 |
小老鼠　골뱅이표 @	波浪號　물결표 ~
和號　앰퍼샌드 &	參考標記　참고표 ※
星號　별표 *	百分號　백분율 기호 %
反斜線　역슬래시 \	

因為韓文是橫式書寫，標點符號的使用和中文有點不同，其中，韓文的頓號（、）會使用逗號（,）來表示，在寫作時要特別注意。

🔍 37. 精神疾病相關

精神疾病　정신 질환	雙向情緒障礙症 / 躁鬱症　조울증
精神病　정신병	躁症　조증
精神障礙　정신 장애	焦慮症　불안 장애
憂鬱症　우울증	恐慌症　공황 장애
重鬱症　주요 우울 장애	恐懼症　공포증
輕鬱症　기분 부전증 / 기분 부전 장애	社交恐懼症　사회 불안 장애
季節性憂鬱症　계절성 우울증	廣場恐懼症　광장 공포증
產前憂鬱症　산전우울증	特殊恐懼症　특정공포증
產後憂鬱症　산후우울증	懼高症　고소 공포증
創傷後壓力症候群 / PTSD　외상 후 스트레스 장애	分離焦慮症　분리 불안 장애
思覺失調症 / 精神分裂症　정신 분열증	廣泛性焦慮症　범불안장애
	強迫症　강박증 / 강박 장애

解離性身分疾患 **해리성 정체성 장애**	精神官能症　**신경증**
多重人格障礙　**다중 인격 장애**	嗜睡症　**과다 수면증**
解離性失憶症　**해리성 기억상실**	猝睡症　**기면증**
解離性漫遊症　**해리성 둔주**	妥瑞症　**뚜렛 증후군**
人格解體障礙　**이인증성 장애**	唐氏症　**다운 증후군**
人格障礙　**인격 장애**	斯德哥爾摩症候群
睡眠障礙　**수면 장애**	**스톡홀름 증후군**
失眠症　**실면증**	亞斯伯格症候群
自閉症　**자폐증**	**아스퍼거 증후군**
暴食症　**폭식증**	酒精戒斷症候群
厭食症　**거식증**	**알코올 금단 증후군**
妄想症　**망상증**	注意力不足過動症 / ADHD
疑病症 / 慮病症　**건강 염려증**	**주의력 결핍 과다 행동 장애**
失智症　**치매**	反社會人格障礙
阿茲海默症　**알츠하이머병**	**반사회적 인격 장애**
學習障礙　**학습 장애**	邊緣性人格障礙
智能障礙　**지적 장애**	**경계성 인격 장애**
言語障礙　**언어 장애**	迴避性人格障礙
情感障礙 / 情緒障礙　**정서 장애**	**회피성 인격 장애**
季節性情緒失調	做作型人格障礙
계절적 정서 장애	**히스테리성 인격 장애**
物質成癮　**물질 남용 장애**	自戀型人格疾患
健忘症　**건망증**	**자기애성 인격 장애**
夢遊症　**몽유증**	偏執型人格障礙
	편집성 인격 장애

　　整理心理相關名詞的時候，可以接著整理表達情緒、心情的形容詞或動詞。

🔍 38. 情感（감정）、心情（기분）

高興　기쁘다 (adj.)	悲傷　슬프다 (adj.)
喜歡　좋다 (adj.) /	傷心 / 難過　슬퍼하다 (v.)
좋아하다 (v.)	痛苦　고통스럽다 (adj.)
愛 / 喜歡　사랑하다 (v.)	苦惱 / 考慮　고민하다 (v.)
幸福　행복하다 (adj.)	令人苦悶的　고민스럽다 (adj.)
害羞　부끄럽다 / 수줍다 (adj.)	擔心　걱정하다 / 걱정되다 (v.)
思念 / 渴望　그립다 (adj.)	生氣　화나다 / 화내다 (v.)
感動　감동하다 (v.)	嫉妒　질투하다 (v.)
羨慕　부럽다 (adj.)	討厭 / 厭煩　싫다 (adj.)
微笑　미소하다 (v.)	可惡 / 討厭 / 可恨　밉다 (adj.)
笑　웃다 (v.)	恨 / 討厭　미워하다 (v.)
亢奮 / 激動　흥분하다 (v.)	埋怨 / 怨恨　원망하다 (v.)
期待　기대하다 / 기대되다 (v.)	害怕　두렵다 (adj.)
舒暢　명쾌하다 (adj.)	緊張　긴장하다 / 긴장되다 (v.)
愉快　유쾌하다 (adj.)	憂鬱 / 鬱悶　우울하다 (adj.)
清爽 / 暢快　상쾌하다 (adj.)	憤怒　분노하다 (v.)
熱情的　열정적이다 (adj.)	不安 / 不放心　불안하다 (adj.)
害羞 / 不好意思　쑥스럽다 (adj.)	後悔　후회하다 / 후회되다 (v.)
從容 / 悠閒　여유롭다 (adj.)	焦急 / 焦躁　초조하다 (adj.)
舒服　편하다 (adj.)	可惜的 / 惋惜的　아쉽다 / 아깝
不舒服　불편하다 (adj.)	다 / 안타깝다 (adj.)
驕傲 / 自豪　자랑스럽다 (adj.)	悶悶不樂　시무룩하다 (adj.)
累 / 疲倦　피곤하다 (adj.)	正向情感　긍정적인 감정
累 / 吃力　힘들다 (adj.)	負向情感　부정적인 감정
混亂　혼란스럽다 (adj.)	

語學知識小講堂 11

主觀性形容詞與客觀性形容詞

主觀性形容詞 （주관성 형용사）	又稱為心理形容詞（심리 형용사），用來表示話者心理狀態的形容詞。 【例】좋다（喜歡）、싫다（討厭）
客觀性形容詞 （객관성 형용사）	話者用來描述、評價人事時地物的形容詞。 【例】맵다（辣的）、다르다（不一樣的）

　　有些表示話者心理狀態的主觀性形容詞可以跟「－어하다」結合，變成動詞使用，例如좋아하다（좋다＋－어하다）、싫어하다（싫다＋－어하다）。但客觀性形容詞一般沒有這種用法。

16 自己想了解的有趣單字

🔍 39. 點心（디저트）、飯後甜點（후식）

冰淇淋　아이스크림	天使蛋糕　엔젤 푸드 케이크
霜淇淋　소프트 아이스크림	年輪蛋糕　바움쿠헨
冰棒　막대 아이스크림 / 아이스바	磅蛋糕　파운드 케이크
剉冰 / 刨冰　빙수	蛋糕卷 / 瑞士卷　롤케이크
紅豆剉冰 / 刨冰　팥빙수	戚風蛋糕　시폰 케이크
芒果剉冰 / 刨冰　망고빙수	起司蛋糕　치즈 케이크
帕菲　파르페	法式馬卡龍　마카롱
蛋糕　케이크	韓式馬卡龍 / 胖卡龍　뚱카롱
瑪德蓮蛋糕　마들렌	韓式巨大馬卡龍 / 王卡龍
蒙布朗　몽블랑	왕카롱
杯子蛋糕　컵케이크	鬆餅　와플
提拉米蘇　티라미수	美式鬆餅　팬케이크
布朗尼　브라우니	可麗餅　크레프
塔　타르트	鯛魚燒　붕어빵
紅絲絨蛋糕　레드 벨벳 케이크	糖果　사탕
卡斯特拉 / 蜂蜜蛋糕　카스텔라	糖球 / 糖塊　알사탕
瑪芬　머핀	軟糖 / 果凍　젤리
千層蛋糕　크레이프 케이크	布丁　푸딩

鍋巴水　숭늉
甜米露　식혜
水正果 / 生薑桂皮茶　수정과
花菜 / 水果甜茶　화채
西瓜甜茶　수박 화채

韓菓 / 韓國傳統菓子　한과
藥果　약과
茶食　다과
糖餅　호떡
年糕　떡
韓式米花糖　강정
菊花麵包　국화빵
核桃餅乾　호두과자

和菓子 / 日式甜點　화과자
糰子　당고
日式三明治　일본식 샌드위치
最中餅　모나카
銅鑼燒　도라야키
日式甜饅頭　만쥬
羊羹　양갱
※奶油餡　앙버터
＝앙꼬 (あんこ, 餡) ＋버터 (奶油)

🔍 40. 宇宙（우주）

太陽系　태양계
恆星　항성
太陽　태양
行星　행성
八大行星　팔대행성
水星　수성
金星　금성
地球　지구
火星　화성
木星　목성

土星　토성
天王星　천왕성
海王星　해왕성
小行星　소행성
類地行星　지구형 행성
巨行星　목성형 행성
矮行星　왜행성
冥王星　명왕성
銀河　은하수
流星　유성

彗星　혜성	衛星　위성
隕石　운석	日食　일식
黑洞　블랙홀	日環食　금환일식
太空站　우주정거장	月食　월식
人造衛星　인공위성	

　　整理了宇宙相關單字之後，可以接著整理星座單字。

🔍 41. 星座（별자리）、星星（별）

水瓶座　물병자리	獅子座　사자자리
雙魚座　물고기자리	處女座　처녀자리
牡羊座　양자리	天秤座　천칭자리
金牛座　황소자리	天蠍座　전갈자리
雙子座　쌍둥이자리	射手座　사수자리
巨蟹座　게자리	摩羯座　염소자리

　　整理完十二星座之後，可以聯想其他相關單字，例如從星座聯想到星星（별），進一步補充更多自己想了解的筆記。

北斗七星　북두칠성	仙后座　카시오페이아자리
南十字星　남십자성	獵戶座　오리온자리
北極星　북극성	

🔍 42. 迪士尼角色（디즈니 캐릭터）

米老鼠 / 米奇　미키 마우스	木法沙　무파사
米妮　미니 마우스	彭彭　품바
唐老鴨　도날드 덕	丁滿　티몬
黛西　데이지 덕	刀疤　스카
高飛　구피	沙祖　자주
布魯托　플루토	拉飛奇　라피키
史迪奇　스티치	小飛象呆寶　덤보
莉蘿　릴로	瑪麗貓　마리
奇奇與蒂蒂　칩과 데일	怪獸電力公司　몬스터 주식회사
小鹿斑比　밤비	毛怪　제임스 P. 설리반
桑普　덤퍼	大眼仔　마이크
邦妮　미스바니	阿布　부
小熊維尼　곰돌이 푸	玩具總動員　토이 스토리
小豬　피글렛	胡迪　우디
跳跳虎　티거	巴斯光年　버즈 라이트이어
屹耳　이요르	翠絲　제시
小荳　루	火腿　햄
瑞比　래빗	彈簧狗　슬링키
獅子王　라이온 킹	蛋頭先生　미스터 포테이토 헤드
辛巴　심바	蛋頭太太　미세스 포테이토 헤드
娜娜　날라	抱抱龍　렉스
熊抱哥　랏소	雷夫　랄프
牧羊女　보 핍	雲妮露　바넬로피
三眼怪　알린	彼得潘　피터 팬
紅心　불스아이	小叮噹　팅커벨
動物方城市　주토피아	虎克船長　후크 선장

茱蒂　주디
胡尼克　닉
無敵破壞王　주먹왕 랄프

愛麗絲夢遊仙境　이상한 나라의
앨리스
愛麗絲　앨리스

　　除了迪士尼人氣系列電影、卡通之外，可以從中找出角色之間共通的特質，在大主題的框架下再細分出更小的主題，進行分類、整理、比較，有助於讓自己探討到該主題更深、更細節的部分。舉例來說，像是迪士尼有一系列的迪士尼公主（디즈니 공주）角色，就是一個不錯的小主題。

《白雪公主》　백설공주와 일곱 난쟁이
白雪公主　백설공주
《仙履奇緣》　신데렐라
仙杜瑞拉　신데렐라 / 엘라
《小美人魚》　인어 공주
愛麗兒　에리얼
《美女與野獸》　미녀와 야수
貝兒　벨
《睡美人》　잠자는 숲속의 미녀
歐若拉　오로라
梅莉達　메리다
《海洋奇緣》　모아나
莫娜　모아나

《阿拉丁》　알라딘
茉莉　자스민
《風中奇緣》　포카혼타스
寶嘉康蒂　포카혼타스
《花木蘭》　뮬란
花木蘭　뮬란
《公主與青蛙》　공주와 개구리
蒂安娜　티아나
《魔法奇緣》　라푼젤
樂佩　라푼젤
《勇敢傳說》　메리다와 마법의 숲
《冰雪奇緣》　겨울왕국
艾莎　엘사
安娜　안나

🔍 43. 古文明（고대 문명）

世界四大古文明　세계 4 대 문명
(1) 美索不達米亞文明 / 兩河流域文明　메소포타미아 문명
　　底格里斯河　티그리스 강
　　幼發拉底河　유프라테스 강
(2) 古埃及文明 / 尼羅河流域文明　이집트 문명
　　尼羅河　나일강
(3) 古印度文明 / 印度河流域文明　인더스 문명
　　印度河　인더스 강
(4) 古中國文明 / 黃河文明　황하 문명
　　黃河　황하

歐洲　유럽
地中海文明　지중해 문명
古羅馬　고대 로마
古希臘　고대 그리스
愛琴文明　에게 문명

亞洲　아시아
蘇美文明　수메르 문명
長江文明　장강 문명

美洲　아메리카
奧爾梅克文明　올멕 문명
薩波特克文明　사포텍 문명
阿茲特克文明　아즈텍 문명
馬雅文明　마야 문명
安第斯文明　안데스 문명
印加帝國　잉카 제국

🔍 44. 宗教（종교）

基督教　기독교
天主教　천주교
印度教　힌두교
佛教　불교
猶太教　유대교
伊斯蘭教　이슬람교
神道教　신토
儒教　유교
道教　도교
錫克教（印度）　시크교
巴哈伊教（伊朗、中東）
바하이교
耆那教（古印度）　자이나교
高臺教（越南）　까오다이교
天道教（韓國）　천도교
民間信仰　민간신앙
一神信仰 / 一神教　일신교

多神信仰 / 多神教　다신교
家神信仰　가신신앙
祖靈信仰　조령신앙
檀君信仰　단군신앙
占卜信仰　점복신앙
風水信仰　풍수신앙
巫俗信仰　무속신앙
固有信仰　고유신앙
耶穌　예수
聖母瑪利亞　성모마리아
溼婆　시바
阿拉　알라신
釋迦牟尼　석가모니
信徒　신도
教徒　교도
教友　교우
傳教士　선교사

祭祀　제사	廟　절
祭拜　제사를 지내다	神　신
教會　교회	主　주
教堂　성당	天地神明　천지신명
教條 / 教義　교리	神話　신화

語學知識小講堂 12

感嘆詞的種類

　　感嘆詞（감탄사）根據使用時機與內容的不同，可以分為「感情感嘆詞」、「意志感嘆詞」以及「口頭禪與結巴」等三種類型，一般來說，感嘆詞在口語中較常使用，能自成一句。

　　其中，意志感嘆詞因為多用在引起對方注意或回應等，會經由意識到雙方的關係，判斷要使用敬語還是非敬語的感嘆詞；而感情感嘆詞多為話者表達自我感受時使用的感嘆詞；口頭禪與結巴則是一些沒有什麼特殊意義的聲音。

感情感嘆詞 （감정 감탄사）	表示話者情感的感嘆詞。 【例】아（啊）、아이고（哎呀）、어머（天啊）
意志感嘆詞 （의지 감탄사）	在對話時，意識到雙方的關係後，用來表現自己想法的感嘆詞。因為是根據雙方關係選擇使用的感嘆詞，因此會有敬語與非敬語的差異。 【例】네／예（是）、그래（요）（嗯／好／是嗎）、응（嗯）、아니（요）（不）
口頭禪與結巴 （입버릇 및 더듬거림）	除了感情感嘆詞與意志感嘆詞以外，其他無意義的聲音。 【例】어（哦）、머（什麼）、뭐（什麼）、말이야（話說）

17 流行語或時事單字

🔍 45. 追星用語（덕질용어）

偶像　아이돌 (idol)	迷妹 / 迷弟　덕후
粉絲　팬	迷妹　빠순이 / 빠수니 / 수니
粉絲後援會 / 俱樂部　팬클럽	一起追星的夥伴　덕메 / 덕질메
狂粉 / 瘋狂粉絲　광팬	이트
粉絲見面會　팬미팅	麻瓜 / 路人（沒有在追星的人）
粉絲簽名會　팬사인회	머글
飯圈　팬덤 (fandom)	本命 / 最愛的成員　최애
唯粉 / 唯飯　개인팬 / 갠팬	第二喜歡的成員　차애
毒唯　악개 / 악성 개인팬	回歸　컴백
成功的粉絲（可近距離接觸偶像	應援　응원
的人）　성덕 / 성공한 덕후	站姐　홈마 (homepage
黑粉　안티 팬 (anti-fan)	master)
追星　덕질 / 팬질	黃牛　플미충
入坑　입덕	刷音源 / 刷榜　스밍 / 스트리밍
新粉　초덕	하다
晚粉　늦덕	用嘴巴刷音源（只講不做的人）
退坑 / 脫飯　탈덕	입스밍
休粉（暫停追星）　휴덕	不刷音源的迷妹　노스밍

刷 MV　뮤스
狂刷音源（像呼吸似地刷音源）
숨스밍 / 숨쉬듯이 스트리밍하다
聖地巡禮（朝聖偶像去過的地
方）　성지순례
音樂節目　음방 / 음악방송

事前預錄　사녹 / 사전녹화
重播　재방 / 재방송
現場直播 / 公開放送
공방 / 공개방송
惡評　악플
惡評者　악플러

　　追星用語有很多流行語、新造語和縮略語，可以在整理的時候一起補充最近新出現的流行語，如果是縮略語，則可以寫出原始的來源。

　　通常在查證像是追星這種流行語、新造語時，我會先在NAVER 辭典搜尋，看看有沒有被收錄進字典裡，但因為通常都太新，或是使用頻率還沒普及到有資格放進字典，這時我就會退而求其次，搜尋新聞或多篇 NAVER 部落格的文章，來回比對研究，雖然很費時，但這樣可以有效提高正確度。

- ○○的迷妹　○○수니
- 在屋內追星的迷妹　안방수니
- 入坑契機　덕통사고 (덕후＋교통사고)
- 本命魔咒（迷妹迷弟遇不到本命的魔咒）　덕계못 (덕후는 계를 못탄다)
- 破除本命魔咒（見到本命）　덕계못 깼다
- 公開（迷妹）身分　덕밍아웃 (덕후＋ coming out)
- Cosplay 成一般人（在人前假裝沒追星的粉絲）　일코 (일반인 코스프레)

- 解除假裝沒在追星的狀態　일코해제
- （偶像外貌讓人）淨化眼球　개안즈
- 臉蛋天才（長得特別好看的人）　얼굴천재
- 認真工作的美貌（顏值很高）　미모 열일 (미모가 열심히 일한다)
- 搶頭香（像奧運一樣認真搶著留言）　댓림픽 (댓글＋올림픽)
- 反正都要追星了，就幸福地追吧！　어덕행덕 (어차피 덕질할 거 행복하게 하자!)

🔍 46. 疫情相關

新型冠狀病毒　신종코로나바이러스	帶原者　보균자
新冠肺炎　코로나 19	疑似患者　의심환자
症狀　증상	發冷　오한
發病　발병하다 / 발병	檢查　검사하다 / 검사
咳嗽　기침을 하다 / 기침하다	退燒藥　해열제
發燒　열이 나다	服用　복용하다
高燒　고열	接種　접종하다
發熱　발열하다 / 발열	預防接種　예방접종
咽喉痛　인후통	疫苗　백신
頭痛　두통	輝瑞　화이자
呼吸困難　호흡곤란	莫德納　모데나
無力　힘이 없다 / 느른하다	AZ　아스트라제네카
結膜炎　결막염	打疫苗　백신을 맞다
感染者　감염자	快篩試劑　신속항원검사키트
確診者　확진자	戴口罩　마스크를 쓰다
傳染病　감염병	洗手　손을 씻다

🔍 47. 髮型（헤어스타일）

頭髮　머리 / 머리카락 / 머리털
瀏海　앞머리
空氣瀏海　시스루뱅
眉上狗啃式瀏海　처피뱅
小狗瀏海 / 狗毛瀏海　퍼피뱅
兩側頭髮　옆머리
後面頭髮　뒷머리
超短髮　숏컷
短髮　짧은 머리 / 단발
二分區式　투블럭
中短髮　중단발
長髮和短髮間的過渡期　거지존
及肩頭髮　어깨까지 (내려) 오
는 머리
比中短髮稍長的髮型　중간머리
長髮　긴 머리 / 장발
直髮　생머리 / 직모
禿頭 / 光頭　대머리
掉髮 / 脫髮　탈모
地中海禿　정수리
假髮　가발
白髮 / 銀髮　흰머리
捲髮　곱슬머리
微捲髮　반 곱슬머리

波浪捲　웨이브
燙髮　파마
離子燙　매직
染髮　염색
染的髮色褪色　탈색

工具　도구
電捲棒　고데기
吹風機　헤어드라이기 / 헤어드
라이어
梳子　빗
髮夾　머리핀 / 헤어핀
髮捲　헤어롤
髮箍 / 髮帶　머리띠 / 헤어밴드
髮圈　머리끈

常用動詞
剪頭髮　머리를 자르다
燙頭髮　머리를 파마하다
染頭髮　머리를 염색하다
洗頭髮　머리를 감다
吹乾頭髮　머리를 말리다
綁頭髮　머리를 묶다

語學知識小講堂 13

助詞的種類

1. 格助詞（격 조사）

　　格助詞在句子之中，通常會黏在名詞、代名詞、數詞等「體言」之後，用來表示句子中各個成分彼此之間的關係。格助詞又可按功能分為主格助詞、目的格助詞、補格助詞、副詞格助詞、冠形格助詞、敘述格助詞、呼格助詞，共七大類。

　　一個句子中通常會有哪些成分呢？我們先大致了解一下韓文的句子結構：

　　　　主語 ＋ 賓語／目的語 ＋ 謂語／述語／敘述語 .
　　　　S.　　　　O.　　　　　　　　V.

　　一個句子的主要成分有「主語」、「賓語／目的語」、「謂語／述語／敘述語」，這三者會在句中擔任主要角色。主語可能是名詞、代名詞、數詞等，賓語可能是名詞、代名詞、數詞等，謂語則可能是動詞、形容詞、名詞＋이다。

　　而句子的附屬成分則包含「副詞語／副詞」和「冠形語／冠形詞」，會在句中擔任修飾其他成分的角色。

　　格助詞的功能，就是負責表現句子中所有成分之間的關係。

(1) 主格助詞（주격 조사）

　　用來表示行為的主體，並賦予單字在一個句子中擁有主語資格的助詞。主語為一個句中的主要成分之一，在句中是不可或缺的角色，擔任句中行為與狀態的主體。

이/가	主格助詞的最基本形態。功能有： · 提及新資訊。 · 將整句話的焦點放在이/가前面的主語。 · 沒有省略이/가的時候，이/가有強調主語的功能。 【例】꽃이 예쁘다.（花很漂亮。） 　　　서유가 영화를 봤어요.（書維看了電影。）
께서	對需要尊敬的主語使用的主格助詞。要注意，使用께서主格助詞的句子，後面敘述語的部分須加「-시-」。 【例】할머니께서 오늘은 우리 집에 오셨어요.（奶奶今天來我們家。）
에서	接在團體名詞之後，表示以該團體為主詞的主格助詞。 【例】학교에서 돈을 주었다.（學校給了錢。）
서	表示人數時使用的主格助詞。 【例】혼자서（獨自／一人）、둘이서（兩人）、셋이서（三人）

(2) 目的格助詞（목적격 조사）

　　又稱為「受格助詞」，用來表示被某行為影響的對象，並賦予單字在一個句子中擁有目的語資格的助詞。目的語為一個句子

中的主要成分之一。在謂語是他動詞的句子中，目的語是不可或缺的角色，表示句中他動詞的行為對象。

① 表示被主體行為影響的對象。

【例】밥을 먹는다.（吃飯。）

② 表示主體行為發生的地點或終點。

【例】어제 백화점을 가서 쇼핑했다.（昨天去百貨公司購物。）

③ 表示動作的時間。

을／를

【例】오늘은 남친이랑 카페에서 두 시간을 보냈다.（今天和男友在咖啡廳待了兩小時。）

④ 表示動作的次數。

【例】제가 그 잘생긴 남자 앞에서 몇 번을 왔다갔다했어요.（我在那個男生面前來回了幾次。）

⑤ 表示動作的度量。

【例】술 한 잔을 마셨다.（喝了一杯酒。）

⑥ 表示製作某東西的材料、成分。

【例】제가 이 A4 용지를 종이비행기로 만들고 싶어요.（我想用這個 A4 紙做成紙飛機。）

(3) 補格助詞（보격 조사）

用來表示成為、否定或心理作用的對象，以及賦予單字在一個句子中擁有補語資格的助詞。補語可以補充主語與謂語不完整的部分，使句子變得完整，是句子主要成分之一。

| 이／가 | 與句子中的補語一起使用，通常跟되다（變成）、아니다（不是）一起使用。
【例】대학생이 되었다 .（變成大學生。）
가수가 아니다 .（不是歌手。） |

(4) 副詞格助詞（부사격 조사）

　　用來表示句子中的處所，或表示給予／共同行為／比較／引用的對象，並賦予單字在一個句子中擁有副詞語資格的助詞。副詞語為一個句子中的附屬成分之一，在句中擔任修飾、限定謂語的角色，在大部分情況下並非句子中必要的存在，但還是有必須出現的時候，例如：아이유의 하얀 피부가 백설공주와 같다 .（IU的白皮膚和白雪公主一樣。）這邊如果把백설공주와（跟白雪公主）這個副詞語拿掉的話，句子就無法成立。副詞格助詞可以按照表示的對象或功能，細分為八種。

　　① 處所格助詞（처소격 조사）：表示處所的副詞格助詞。

| 에 | A. 空間
表示某處所，人事物存在的空間。
【例】학교에 있어요 .（在學校。）
表示指向的方向。
【例】한국에 오다／가다 .（來／去韓國。） |

에	B. 時間 表示某時刻。 【例】12 시에 도착했다 . (12 點到。)
에서	A. 空間 表示某行為、動作發生的定點。 【例】회사에서 일해요 . (在公司工作。) 表示某行為、動作發生的起點。 【例】대만에서 왔어요 . (來自臺灣。) B. 事件 表示某事件的前提條件、依據。 【例】그런 바탕에서 이 정책을 마련했다 . (根據那樣的 　　　基礎制定了這個政策。)

② 與格助詞（여격 조사）：用來表示讓某個對象可以接受
　某個東西、行為／動作的副詞格助詞。

한테／ 에게	表示授予某東西的對象，與授予動詞一起使用。한테多 在口語中使用。 【例】여동생한테／에게 사과를 줬어요 . (給了妹妹蘋 　　　果。)
한테서／ 에게서	表示某動作的起始處、起點，以及取得某東西的來源。 한테서多在口語中使用，서可省略。 【例】여동생한테（서）／에게（서）사과를 받았어 　　　요 . (從妹妹那裡得到蘋果。)

께	表示授予某東西的對象（需要尊敬的對象），與授予動詞一起使用。 【例】어머니께 꽃을 사 드렸어요 .（買了花給媽媽。）
보고	表示說話的對象（人或動物），多在口語中使用，且後面多與말하다、묻다、이야기하다、얘기하다等說話動詞一起使用。可以和더러交替使用。 【例】어머니께서 저보고 운동하라고 하셨어요 .（媽媽叫我運動。）
더러	表示說話的對象（人），多在口語中使用，且後面多與말하다、묻다、이야기하다、얘기하다等說話動詞一起使用。可以和보고交替使用。 【例】이 수학 문제를 누구더러 물어볼까요 ?（這個數學問題要問誰呢？）

【參考】大多數情況下，한테／에게、더러、보고會跟有情名詞（人或動物）一起使用，에會跟無情名詞（人或動物之外）一起使用，但動物有時候會與에一起使用，要特別注意。

③ 工具格助詞（도구격 조사）：表示行為、動作之材料、工具、手段的副詞格助詞。

| (으)로 | 某動作、行為所使用的材料、工具、手段。
【例】그 빵은 초콜릿과 밀가루로 만들어진 것이다 .（那個麵包是用巧克力和麵粉做的。） |
| (으)로써 | 某動作、行為所使用的材料、工具、手段。
【例】모든 것은 다 돈으로써 살 수 있는 것이 아니다 .（不是所有的東西都能用錢買到。） |

【參考】處所格助詞「에」和工具格助詞「(으)로」都可以用來表示「做某動作、行為的原因」。「에」是從處所的概念延伸而來,「(으)로」是從材料、工具、手段的概念延伸而來。

例如:물에 젖었다.(被水弄溼。)

　　　질병으로 퇴사했다.(因為生病辭職。)

④ 資格格助詞(자격격 조사):表示某人的地位、身分與資格的副詞格助詞。

(으) 로	表示某人的地位、身分與資格。 【例】나는 이 구릅의 팬으로 콘서트를 갔다.(我是以這個團體粉絲的身分去演唱會的。)
(으) 로서	表示某人的地位、身分與資格。 【例】선생님으로서 수업을 열심히 준비하는 것은 단연한 일이다.(身為老師,認真備課是理所當然的事。)

⑤ 向格助詞(향격 조사):表示行為、動作指向方向的副詞格助詞。

(으) 로	A. 方向 表示行為、動作所指向的方向,或是某個方向焦點(指向的焦點),這個方向可以是具體或是抽象的。 【例】이쪽으로 오세요.(請來這邊。)

(으) 로	B. 改變 表示事物本質的改變。 【例】여기는 원래 공원이었는데 10 년 전에 학교로 바뀌었다 .（這裡原本是公園，但在十年前變成學校了。）
(으) 로부터	某個人事物或行為的出發點、起點，或來源、發源地。 【例】이것은 한국으로부터 온 소포예요 .（這是從韓國來的包裹。）

⑥ 共同格助詞（공동격 조사）：表示結伴，前後單字屬於同一團體／群體的副詞格助詞。注意와／과、（이）랑、하고三者不能混著使用。

와／과	表示結伴，前後單字屬於同一團體／群體。主要使用於書面語，口語也可以使用。 【例】서유와 역청이가 둘이 대판 싸웠다 .（書維和亦晴大吵了一架。）
(이) 랑	表示結伴，前後單字屬於同一團體／群體。主要使用於口語。 【例】서유랑 역청이가 둘이 대판 싸웠다 .（書維和亦晴大吵了一架。）
하고	表示結伴，前後單字屬於同一團體／群體。主要使用於口語。 【例】서유하고 역청이가 둘이 대판 싸웠다 .（書維和亦晴大吵了一架。）

因為共同格助詞的功能是表示前後單字為一個團體／群體，也就是前後兩者一起完成了相同的行為，或一起處於相同的狀態；而很相似的接續副詞，功能單純就是連接前後單字或前後句，兩者各自獨立，因此前後兩者雖然做了相同的行為或是處於相同狀態，行為也會被視為個別完成，或各自處於相同情況，不是一起發生的。

共同格助詞 와／과、 (이) 랑、하고	表示 A 與 B 是一起做同一件事與行為。 【例】서유와 역청이 밥을 먹었다. 　　　서유가 역청과 밥을 먹었다. 　　　（書維和亦晴一起吃飯。）
接續副詞 와／과、 (이) 랑、하고	表示 A 與 B 分別做了同一件事與行為。 【例】서유와 역청이가 밥을 먹었다. 　　　（書維和亦晴吃了飯。） 　　　這種情況可能是兩個人分別跟不同人吃了飯： 　　　A. 서유는 패기와 밥을 먹었다. 　　　（書維和珮琪吃了飯。） 　　　B. 역청이는 동생과 밥을 먹었다. 　　　（亦晴和弟弟／妹妹吃了飯。）

⑦ 比較格助詞（비교격 조사）：前者與後者比較時使用的副詞格助詞。

보다	即中文的「比～」。以보다前面的單字為比較的基準。 【例】이 사과는 저 바나나보다 더 달아.（這顆蘋果比那根香蕉更甜。） 저 바나나보다 이 사과는 더 달아.（比起那根香蕉，這顆蘋果更甜。）
처럼	看起來與某物相似，或與某物有共同點。 【例】그는 강아지처럼 생겼다.（他長得像小狗。） →表示他與小狗有共同點。
만큼	表示與某物相似的程度。 【例】미국만큼 크다.（跟美國一樣大。） →表示面積跟美國一樣大的程度。
같이	像是某物、與某物的某特點一樣，或與某物的特點有共同點。 【例】언니같이 예쁘다.（像姐姐一樣漂亮。） →含義為姐姐的特點是漂亮，某人跟她這個特點一樣。

⑧ 引用格助詞（인용격 조사）：表示引用、轉述別人的話時使用的副詞格助詞。

直接引用 라고／하고	接在直接引用句的雙引號後面。 【例】서유는 "패기가 예쁘다"라고／하고 했어요.（書維說珮琪很漂亮。）
間接引用 고	接在間接引用句的句尾。 【例】서유는 패기가 예쁘다고 했어요.（書維說珮琪很漂亮。）

(5) 冠形格助詞（관형격 조사）

在前後單字的關係裡，用來賦予前面的名詞、代名詞等單字擁有冠形語資格。冠形語為一個句子中的附屬成分，不是句中必要的存在，在句中擔任修飾後面名詞、代名詞或其他成分的角色。

의	即中文的「的」，因為通常前面的單字是擁有某物的人或動物（所有主，소유주），後面的單字是被擁有的人事物（所有物，소유물），所以冠形格助詞의又稱為屬格助詞（속격 조사）。 【例】어머니의 선물 .（媽媽的禮物。）

(6) 敘述格助詞（서술격 조사）

與名詞、代名詞、數詞等體言一起使用，具有指定特定對象以及敘述的文法功能。跟動詞、形容詞一樣，能和語尾一起使用，產生形態上的變化（活用）。

이다	即中文的「是」。如果放在句尾，且이다前的名詞、代名詞、數詞無尾音時，이可省略。 【例】우리 회사는 큰 회사（이）다 .（我們公司是大公司。） 但如果이다在句子中間出現，이則不能省略。 【例】남동생은 회사원이고 조카는 의사（이）다 .（弟弟是上班族，姪子是醫生。）

(7) 呼格助詞（호격 조사）

呼喚某人名字或暱稱時使用的助詞。若是對人以外的事物使用呼格助詞，可以視為擬人化的用法。

아／（이）야	呼喚、呼叫親近的人時，表示親切的助詞。 【例】윤현아（尹絃啊）、서유야（書維啊）
여／（이）여	表示恭敬時使用的助詞，帶有感嘆的語氣。常常會在詩詞、祈禱文中出現。 【例】주여！（主啊！）、신이여！（神啊！）

2. 補助詞（보조사）

又稱為特殊助詞（특수 조사），接在名詞、代名詞、數詞、副詞還有語尾後面，使其增加特別意義的助詞。

(1) 은／는

은／는	· 提及舊資訊。 · 整句話的焦點放在은／는後面的資訊。 · 對照。很多使用狀況都是從對照這個概念延伸而來的。 · 用來說明已知資訊。 　【例】한글은 표음문자다.（韓文是表音文字。） · 一個段落的話題（中心思想），或一句話的主題。 · 通常使用於一句話整體的主語位置，不會在小子句內使用。

은／는	‧蘊含其他寓意，即話中有話。 【例】서유？공부는 잘하지 . （書維？很會讀書啊。） 　　　→這句話隱含著書維雖然會讀書，但他可能不太 　　　善良，或是他雖然會讀書，但不會運動之類的 　　　寓意。

(2) 其他常見補助詞

만	即中文的「只、只有」，在眾多選項的其他人事物中，唯 一被選擇的選項。 【例】나만 안 갔어 . （只有我沒去。）
도	即中文的「也」，表示包含、補充、添加、強調、讓步、 感嘆等語意。 【例】나도 그랬어 . （我也是那樣。）
부터	即中文的「從～」，表示某事件、行為的起點。 【例】오늘부터 살을 빼야 돼요 . （該從今天開始減肥了。）
까지	即中文的「到～為止」，表示某事件、行為的終點。 【例】수업은 내일까지예요 . （課是到明天為止。）
조차	即中文的「連～都～」，連最不好的結果、最差的狀況、 最基本的選項都無法達成或選擇。 【例】이 빵집의 빵들이 다 팔렸대 . 토스트조차 못 샀 　　　어 . （聽説這間麵包店的麵包都賣完了。連吐司都買 　　　不到。） 　　　→連吐司這個最基本的選項都無法達成。

마다	用來一個個細數마다前面提到的人事物或時間。 【例】사람마다 달라요 . (每個人都不一樣。) 　　　영어 시험은 한 달마다 있어요 . (英語考試每個月都有。)
마저	即中文的「連最後的～也～」，用來表示連剩下的最後一個選項也～。 【例】요즘 병이 나서 과자마저 못 먹어요 . (最近因為生病，連餅乾都不能吃。)

18 社會文化

🔍 48. 韓國新年做的事

拜年　세배하다 / 세배를 드리다 (敬語)
領壓歲錢　세뱃돈을 받다
喝年糕湯 (象徵長一歲)　떡국을 먹다
吃煎餅　전을 먹다
吃藥果　약과를 먹다
吃餃子　만두를 먹다
舉行祭禮　차례를 지내다
祭祖　조상에게 제사를 지내다 / 드리다
掛福笊籬　복조리를 걸다
擲柶　윷놀이를 하다
放風箏　연을 날리다
跳翹翹板　널뛰기를 하다
打陀螺　팽이를 치다
打花牌　화투를 치다
喝甜米露　식혜를 마시다
喝水正果　수정과를 마시다
看新年第一個日出　새해 첫 해돋이를 보다

看日出　일출을 보다
迎接新年　새해맞이
新年快樂　새해 복 많이 받으세요 .

🔍 49. 韓國傳統節日與國定假日（한국의 전통 명절 및 공휴
　　　일）、紀念日（기념일）

春節　춘절 / 설날（農曆除夕至正月初二）
上元節 / 元宵節　정월 대보름（農曆正月十五）
三一節　삼일절（國曆 3 月 1 日）
勞動節　근로자의 날（國曆 5 月 1 日）
佛誕日　부처님 오신 날 / 석가탄신일（農曆 4 月 8 日）
兒童節　어린이날（國曆 5 月 5 日）
父母節　어버이날（國曆 5 月 8 日）
教師節　스승의 날（國曆 5 月 15 日）
端午節　단오절（農曆 5 月 5 日）
顯忠日　현충일（國曆 6 月 6 日）
制憲節　제헌절（國曆 7 月 17 日）
光復節　광복절（國曆 8 月 15 日）
七夕　칠석（農曆 7 月 7 日）
中元節　백중날（農曆 7 月 15 日）
秋夕 / 中秋節　추석（農曆 8 月 15 日）
開天節　개천절（國曆 10 月 3 日）
韓文日　한글날（國曆 10 月 9 日）
韓國光棍節（Pepero Day）　빼빼로 데이（國曆 11 月 11 日）
聖誕節　크리스마스 / 성탄절（國曆 12 月 25 日）

🔍 50. 韓國傳統童話（한국 전래동화）

善 vs 惡
(1) 興夫與懦夫 / 興夫傳　흥부와 놀부 / 흥부전
(2) 黃豆與紅豆　콩쥐와 팥쥐

貪心 vs 知足
(1) 妖術石磨　요술 맷돌
(2) 金斧頭與銀斧頭　금 도끼와 은 도끼
(3) 摘瘤爺爺　혹부리 할아버지 / 혹부리 영감
(4) 青春之泉　젊음의 샘물 / 젊어지는 샘물

勸人勤奮
(1) 變成牛的懶惰鬼　소가 된 게으름뱅이
(2) 吃指甲的野鼠　손톱 먹은 들쥐

勸人孝順
(1) 小青蛙　청개구리
(2) 孝女沈清 / 沈清傳　효녀 심청 / 심청전

勸人遇危機要沉著應對
(1) 老虎與柿餅　호랑이와 곶감
(2) 太陽妹妹與月亮哥哥　해와 달이 된 오누이 / 해님 달님
(3) 烏龜取兔肝 / 鱉主簿傳　토끼의 간 / 별주부전

與公主、仙女結婚的故事
(1) 牛郎與織女　견우와 직녀
(2) 傻瓜溫達與平岡公主　바보 온달과 평강 공주

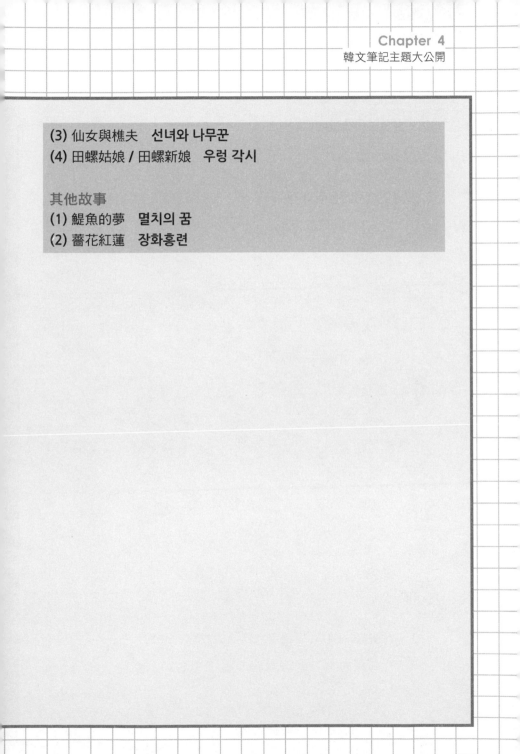

(3) 仙女與樵夫　선녀와 나무꾼
(4) 田螺姑娘 / 田螺新娘　우렁 각시

其他故事
(1) 鯷魚的夢　멸치의 꿈
(2) 薔花紅蓮　장화홍련

語學知識小講堂 14

詞性通用的概念

詞性通用（품사 통용）是指一個單字擁有兩個或兩個以上的詞性。例如크다可能是形容詞，也可能是動詞；같이可能是副詞或助詞。

1. 크다

(1) 形容詞，大的。

방이 진짜 크다.（房間真大。）

(2) 動詞，動植物生長、長大。

이 나무가 금방 큰다.（這棵樹馬上就能長大。）

→差異判斷方法：動詞是陳述形＋ーㄴ다，形容詞是陳述形＋ー다。

2. 같이

(1) 副詞，一起。

같이 가요.（一起走。）

(2) 助詞，像。

배우같이 예뻐요.（像演員一樣漂亮。）

→差異判斷方法：助詞會跟其他字（名詞）黏在一起寫，副詞不會。

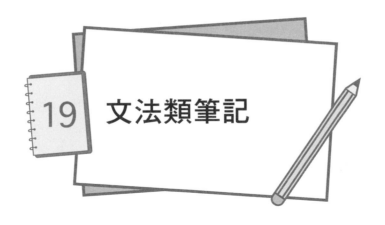

19 文法類筆記

前面介紹了我們可以如何整理單字筆記，接下來想要帶領大家一起整理屬於自己的文法筆記。在整理文法筆記之前，必須先了解邏輯推理的兩大概念——演繹法、歸納法。

1. 演繹（연역）：由已知的推論到未知的，一層一層推論下去，進而獲得一個新的概念或結果。
2. 歸納（귀납）：將觀察到的東西統整起來，進而找出事物的通則與定則，用以解釋一些想要解釋的事物。

之所以會提到演繹和歸納的概念，主要是因為我認為整理單字的過程比較偏向使用演繹法，像是我知道符合韓式料理的單字可能有부대찌개（部隊鍋）或비빔밥（拌飯）等字，我就會依照原有對韓式料理的了解，循著線索找出我需要的單字，並把它們都統整起來。

而整理文法的過程則剛好相反，通常都是我在書上學到了

初、中、高級等文法，進而觀察出文法之間的相似與共通性，然後統整、歸納，變成我自己的文法比較表格。

接下來，便以韓文「語尾類型」做為範例，說明我如何整理文法筆記。

語尾的文法筆記

黃華相（황화상）教授在《現代國語形態論》（현대국어형태론, 2018）一書中，對語幹（어간）與語尾（어미）提出了以下的定義：

語幹（어간）	在活用形裡具有實際意義，不變的部分。 【例】운동하다（運動）的운동하－。
語尾（어미）	在活用形裡具有文法意義，變化的部分。 【例】운동하다（運動）的－다。

在前面章節已經有清楚說明活用的概念，此處就不再贅述，簡單來說，其概念可以歸納成一個簡單的公式：

活用＝語幹＋語尾

　　動詞原形、形容詞原形的常見結尾方式就是＋－다，這個－다其實是一種常與基本形結合的終結語尾（終結一句話的語尾）。另外，所謂的韓文七大不規則變化，其實就是不規則活用（불규칙 활용），或被稱為變則活用（변칙 활용）。

　　韓文的語尾分成好幾種類型，參考南基心（남기심）等人所著的《新編標準國語文法論》（새로 쓴 표준 국어문법론，2021）中的語尾分類，和李奎浩（이규호，音譯）所著之《學校語法》（학교문법，2010）中的部分例子之後，我將所有語尾的類型統整為一個表格：

先語末語尾 （선어말어미） ／非語末語尾 （비어말어미）	－시－、－ㄴ／는－、－았／었／였－、－겠－ －느－、－더－、－리－ －옵－、－것－、－니－	
語末語尾 （어말어미）	終結 語尾	1. 陳述形語尾 　－ㄴ／는다、－ㅂ／습니다、－아／어요 2. 感嘆形語尾 　－（는）구나、－（는）군요、－아／어라 3. 疑問形語尾 　－（느）냐、－니、－（으）ㄹ까요

語末語尾 （어말어미）	終結 語尾	4. 命令形語尾 　－아／어라、－（으）세요、－（으） 　ㅂ십시오 5. 勸誘形語尾 　－자、－（으）ㅂ시다	
	非終結 語尾	連接語尾	1. 對等的語尾 　－고、－（으）며、－ 　지만 　→連接前後彼此獨立、 　　對等句子的語尾 2. 從屬的語尾 　－아／어서、－（으） 　면、－는데 　→連接前後其中一句是 　　另一句附屬句的語尾 3. 補助的語尾 　－아／어、－게、－지 　→連接前面主要動詞／ 　　形容詞與補助動詞／ 　　形容詞的語尾
		轉成語尾	冠形詞形語尾 　－（으）ㄴ、－는、－ 　（으）ㄹ、－던 　→將前句變成冠形詞形子 　　句的語尾
			名詞形語尾 　－기、－（으）ㅁ 　→將前句變成名詞形子句 　　的語尾

對於各個類型的詳細定義，則另外獨立做筆記。語尾初步可分成「先語末語尾」、「語末語尾」兩種：

先語末語尾 （선어말 어미）	不是在句子末端，而是在其他位置或語末語尾前出現的語尾。又可稱為「非語末語尾」。 【例】－시－、－았／었－、－겠－
語末語尾 （어말 어미）	在一個句子末端的語尾。 【例】－ㅂ／습니다、－고、－（으）면서、－기

繼續細分的話，語末語尾又可以根據是否將句子完結，分成「終結語尾」、「非終結語尾」兩種：

終結語尾 （종결 어미）	將一個句子完結的語尾。 【例】－ㅂ／습니다、－아／어요、－（으）ㄹ까요
非終結語尾 （비종결 어미）	不會將一個句子完結，而是用來連接句子與句子的語尾。 【例】－아／어서、－고、－ㄴ／는데

再來，非終結語尾可以根據其功能，分成「連接語尾」、「轉成語尾」兩種：

連接語尾 （연결 어미）	連接句子與句子的語尾。 【例】－아／어도、－（으）나、－고서
轉成語尾 （전성 어미）	將一個句子的語末轉變成冠形詞形、名詞形的語尾。 【例】－（으）ㄴ、－는、－（으）ㄹ、－던、－기、－（으）ㅁ

最後，轉成語尾又可以依照句子轉變而成的詞性，分為「冠形詞形語尾」、「名詞形語尾」兩類：

冠形詞形語尾 （관형사형 어미）	將一個句子的語末轉變成冠形詞形子句的語尾。 【例】－（으）ㄴ、－는、－（으）ㄹ、－던
名詞形語尾 （명사형 어미）	將一個句子的語末轉變成名詞形子句的語尾。 【例】－기、－（으）ㅁ

Chapter
5

補充學習資源

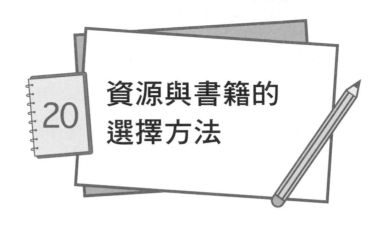

20 資源與書籍的選擇方法

在還沒有太多韓文基礎的時候，選擇自學書籍可能會有些盲點，不知道從何下手，也不清楚哪些書的內容是可以信賴的。為了避免自己所選擇的書籍內容有誤或是沒有公信力，我在選擇韓文學習資源的時候，會從三種角度來思考判斷，分別是「正確度」、「版面配置」、「實用性」。

正確度

在選擇自學書籍、教材的時候，我最優先的考量是這本書是否具有一定的正確度，也就是能在買書前確保內容的品質以及錯誤不會太多。想要確認市面上書籍的正確度，有兩個比較簡單的方法可以參考。

1. 作者的學歷與經歷

在對於作者一無所知的情況下，可以從作者的學經歷去判

斷這本書是否具有一定的可信度，例如作者有沒有韓文相關學歷、證照（就算作者是韓國人也要注意），或是作者旅韓經歷多少年、教學資歷多少年等，都是參考依據。

2. 網路評價

查看網路評價，像是 PTT、Dcard，或是善用 Google 搜尋，基本上都可以找到書籍或作者的相關評價。如果有讀者在網路書店留下書評，也可以做為參考，因為多數是實際閱讀過的經驗，通常參考價值滿高的。除此之外，有時也可以從別人的讀後感中了解這本書的程度適不適合自己。

版面配置

版面配置包括文字編排、美術設計，我會盡量選擇自己覺得好看、順眼的編排為主，像是有插圖、排版不會密密麻麻、看起來不會太死板的樣式。

重點在於購買之前要實際翻過，無論是到書店翻翻看，或是看網路書店的試閱圖片都可以。如果買了一本書，結果連自己都不喜歡那本書的編排，因為看得很痛苦而導致不常翻閱、學習的動力驟減，除了可惜之外也很浪費錢。

實用性

選書時以有出系列套書的書籍為主。以《我的第一本韓語文法》（國際學村）為例，這套書有分入門、進階、高級，共三個等級，因此可以用較有系統的方式，循序漸進地學習，比較不會有漏東漏西的問題。

另外，像是韓國大學的語學堂課本也是分等級，自學者可以選擇適合自己的程度，按部就班學習，例如《首爾大學韓國語》系列（EZ 叢書館）、《高麗大學韓國語》（瑞蘭國際）系列、《最權威的延世大學韓國語課本》（聯經）等系列。

再來，文法書可以選擇內容有「相似文法比較」的書，我認為要學好韓文文法，最重要的就是懂得比較相似文法之間的差異，所以在選擇文法書時，盡量選擇有將相似文法另外拉出來整理、比較的書，這樣才能詳細知道每個文法之間的差異。

最後，實用性方面還有一個可以考慮的點，就是每個單元後面是否附有練習題。有很多書籍不會附練習題，但如果有練習題的話，會加分很多。尤其是文法書，因為學完一個小觀念、概念，很需要實作練習，不然只是讀過去，對於讀過的內容還是一知半解，這樣便很難確認自己到底有沒有學會。

21 推薦學習網站
與 APP

推薦學習網站

國立國語院網站

1. 韓語語言文字規範

　　進入國立國語院網站，點選「知識」（지식）→「語言規範查詢」（어문 규범 찾기），有四個主要的語言文字規範可以查詢。

(1)韓文拼寫法（한글 맞춤법）：如果想查詢韓語拼寫總則、字母、發音相關拼寫法、形態相關拼寫法、分寫／隔寫法等，可以在這邊搜尋。這裡也可以搜尋到正確的韓語標點符號使用方式。

(2)標準語規定（표준어 규정）：包含標準語核定原則、

標準發音法等，除了可以搜尋到標準語的定義，也可
以搜尋到標準語的發音規則、音變規則等內容。

(3)外來語標記法（외래어 표기법）：韓文當中有許多源
自不同國家的外來語，因為外語有各自的發音規則，
因此需要將各個語言對應的韓語標記法統整起來，變
成一個可以遵循的準則，而外來語標記法這個區域可
以搜尋到這些準則的內容。

(4)國語的羅馬字標記法（국어의 로마자 표기법）：羅
馬字標記法和外來語標記法相反，為了將韓文轉換成
羅馬拼音，設定了一些可以依循的基準，這些便是羅
馬字標記法的規則內容。

圖 5-1　韓語語言文字規範

한글 맞춤법	표준어 규정	외래어 표기법	국어의 로마자 표기법
제1장 총칙	제1부 표준어 사정 원칙	제1장 표기의 기본 원칙	제1장 표기의 기본 원칙
제2장 자모	제2부 표준 발음법	제2장 표기 일람표	제2장 표기 일람
제3장 소리에 관한 것		제3장 표기 세칙	제3장 표기상의 유의점
제4장 형태에 관한 것		제4장 인명, 지명 표기의 원칙	
제5장 띄어쓰기			
제6장 그 밖의 것			
부록(문장 부호)			

資料來源：國立國語院

　　除了以上規範外，國立國語院還提供了外來語標記法的範例、羅馬字標記法的範例，讓民眾自由查詢。在範例查詢（용례 찾기）的區塊，分為外來語標記法和羅馬字標記法，可以分別搜尋外來語對應的韓文標記方式，以及韓語的羅馬字標記方式。

2. 地區語言綜合資訊

　　同樣是在國立國語院網站的「知識」區塊，還有一個「地區語言綜合資訊」（지역어 종합 정보）的功能。地區語言其實就是所謂的方言（사투리／방언），我們可以在這個頁面搜尋到以下資訊：

(1)查詢地區語言（지역어 찾기）：可以搜尋方言對應的標準語，以及使用該方言的區域。

(2)地區語言地圖（지역어 지도）：可以搜尋方言在韓國地圖上的實際分布情形。

(3)地區語言談話資料（지역어 이야기 자료）：可以搜尋各方言的語音資料。

(4)文學裡的地區語言（문학 속 지역어）：可以搜尋在文學作品裡面出現過的方言。

(5)從照片看生活用語（사진으로 보는 생활어）：收錄
韓民族各種傳統職業所使用的詞彙，輔以照片呈現，
可以更清楚了解韓國傳統職業常用的用語。

圖 5-2　從照片看生活用語

뼛다

주제 분류: 떡

어휘: 뼛다

뜻풀이: 짓찧어서 가루로 만들다.

조사 지역: 제주특별자치도

資料來源：國立國語院

3. 韓語基礎辭典

　　除了第三章介紹的 NAVER 辭典以外，國立國語院也有提
供一個辭典資料庫——韓語基礎辭典（한국어 기초 사전），
這個辭典包含最基本的單字詞性、發音、俗諺與慣用句（속담、
관용구）、釋義（뜻풀이）、例句（용례）等資訊。

　　除了最基礎的查字義功能，這個辭典還有一個很棒的功

圖 5-3　韓語基礎辭典查詢功能

| 어휘 2 | 속담·관용구 1 | 뜻풀이 36 | 용례 819 |

'한번'이(가) 포함된 찾기 결과 총 2개　　↓ 사전 내려받기　가　가　10개씩 보기 ▼

한번 2 (한番)「부사」[한번 🔊] ★★★　전체 내용 보기 ›
1. 어떤 행동이나 상태 등을 강조함을 나타내는 말.
2. 어떤 일을 시험 삼아 시도함을 나타내는 말.
3. 기회가 있는 어떤 때.

한번 1 (한番)「명사」[한번 🔊]　전체 내용 보기 ›
과거의 지나간 어느 때.

資料來源：韓語基礎辭典

能，就是可以依據「主題與情境範疇」、「意義範疇」，來查
詢特定主題與情況、特定意義的相關單字列表。

(1)按照主題與情境範疇查詢（주제 및 상황 범주별 찾
　　기）：在主題與情境範疇的部分，是以韓檢初級、中級、
　　高級的難易度來做區分。
　　初級內容包含：問候（인사하기）、自我介紹（자기
　　소개）、介紹家人（가족소개）、交換個人資訊（개
　　인 정보 교환하기）、表達位置（위치 표현하기）等。
　　中級內容包含：搭乘交通工具（교통 이용하기）、地
　　理資訊（지리정보）、買東西（물건 사기）、食物說

明（음식 설명하기）、學校生活（학교생활）等。

高級內容包含：經濟管理（경제·경영）、飲食文化（식
문화）、氣候（기후）、教育（교육）、職業和前途（직
업과 진로）等。

(2)按照意義範疇查詢（의미 범주별 찾기）：在這部分，
是以韓檢大分類（대분류）、小分類（소분류）的層
級關係來做區分。

大分類的內容包含：人（인간）、人生（삶）、食生
活（식생활）、衣生活（의생활）、住生活（주생활）、
社會生活（사회 생활）、經濟（경제 생활）等。

小分類的內容包含：全體（전체）、人的種類（사람
의 종류）、身體部位（신체 부위）、體力狀態（체
력 상태）、生理現象（생리 현상）、感覺（감각）、
情感（감정）等。

4. 標準專業用語

在國立國語院首頁，還有一個「改善」（개선）區塊，當
中有「標準專業用語」（표준 전문용어）的功能，收錄了和
國民生活有關的專業用語。在這裡可以輸入尚未標準化的專業
用語（표준화 대상어），接著查詢到由各中央行政機關公告

的標準專業用語。

5. 諮詢案例集錦

在「參與」（참여）區塊，點選「線上 KANATA 가나다」
（온라인가나다），當中有諮詢案例集錦（상담 사례 모음）。
可以在這裡輸入想要查詢的單字或文法，有機會找到其他人已
經問過，且國立國語院研究員回答過的相似問題。

韓國民族文化大百科辭典

韓國民族文化大百科辭典（한국민족문화대백과사전）是
由韓國中央研究院（한국중앙연구원）建立的網站，裡面收錄
與韓國、韓民族相關的各種層面資料，在這個網站可以搜尋到
和韓國社會文化、歷史相關的資料，且正確性較高。

舉例來說，我們在搜尋欄位輸入「檀君朝鮮」（단군조선）
這個單字，查詢的結果包含了檀君朝鮮的釋義、別名（이칭）、
領域（분야）、類型（유형）、時代（시대）、性質（성격），
接著依序還有定義（정의）、概述（개설）、名稱由來（명칭
유래）、與檀君朝鮮相關的研究動向（단군조선에 관한 연구
동향），以及所有資料的參考文獻（참고문헌），或是相關的
項目（관련 항목）等。

圖 5-4　檀君朝鮮搜尋結果

資料來源：韓國民族文化大百科辭典

1. 領域和類型

如果有想要查詢的特定領域（분야）或類型（유형），也可以直接在主頁右上方選單的列表中選擇領域、類型。

2. 年表

右上方選單的最右邊有一個年表（연표）的選項，此處是以年代整理歷史事件，或是出土文物、歷史人物之類的資訊。也可以勾選上方的選項，如整體（전체）、政治（정치）、文化（문화）、社會（사회）、外交（외교）、其他（기타），來篩選搜尋條件。

韓國論文資料庫

如果你是程度不錯的韓文學習者，想要學習更多韓文相關的專業知識，但又苦於網路資料不夠豐富完整，或是有些資料在網路上找不到，那可以試試到韓文論文網站搜尋看看。以下介紹幾個比較常用的韓文論文網站。

1. RISS

第一個要介紹的是 RISS（학술연구정보서비스），這是我查論文時最常使用的網站了，因為只要在首頁的搜尋引擎中輸入關鍵字（키워드）、檢索詞（검색어）、主題詞（주제어），就可以搜尋到大部分所需資料，像是國內學術論文（학술논문，即期刊文獻）、學位論文（학위논문，即碩博士論文）、單行本（단행본，即書籍）、研究報告書（연구보고서）、公開講義（공개강의）等學術資料。

在搜尋引擎右邊，點開詳細檢索（상세검색），可以進行細部搜尋。除了可勾選韓國國內學術論文、學位論文、海外學術論文、學術期刊、單行本、研究報告書、公開課程（如大學教授的上課影片）之外，也可以直接輸入論文名（논문명）、作者（저자）、主題詞（주제어），便能精準搜索到自己需要的論文。

圖 5-5　RISS 首頁

資料來源：RISS

　　輸入想要搜尋的東西，進入檢索結果頁面後，在合併檢索
（통합검색）的頁面可以看到所有資料。點擊每個類別右上角
的＋符號，就可以進入該類別的頁面，獲得更多屬於該類型的
相關論文。

　　實際點入一篇論文後，頁面中會列出論文的詳細資訊、原
文相關資訊與超連結，包含論文名（논문명）、作者（저자）、
發行機關（발행기관）、發行年度（발행연도）、期刊名
（학술지명）、卷期號（권호사항）、書寫使用語言（작성언
어）等。

　　其中，論文名的上方若有標註 KCI 收錄（KCI 등재）的
話，代表這篇論文已通過核心期刊評比，並收錄於韓國學術期
刊引文索引裡；另外，KCI 候補（KCI 후보）是指擁有能進入
KCI 候補核心期刊的論文。

點擊下方框框內的查看原文（원문보기），可以直接選擇收錄這篇論文的網站超連結，找到論文的原文。

2. DBpia

DBpia（디비피아）的使用方式跟 RISS 大同小異，只不過 DBpia 大多是期刊、會議論文。DBpia 除了可以搜尋到網站內有收錄的論文，也可以連到外部網站。但跟 RISS 不一樣的是，DBpia 需要付費申請帳號，才能下載或閱讀網站上的論文。

點擊詳細檢索（상세검색），除了輸入檢索詞之外，也可以篩選語言，像是韓語、英語、中文、日語等，另外也可以去掉已經暫停服務的內容（서비스 중지 콘텐츠），或是選擇使用全文（원문이용）、外部連結（외부링크）等選項。

在 DBpia 檢索時，如果有登入就可以直接看論文（논문보기）或下載（다운받기），沒有登入的話就只會顯示預覽（미리보기）和是否付費購買使用（이용하기）。

3. NAVER 學術資訊

最後一個我很常使用的網站是 NAVER 學術資訊（NAVER 학술정보），也就是由 NAVER 設置的類似 Google 學術搜尋的網站，一樣可以查到各種論文。但跟前面兩者不一樣的是，NAVER 學術資訊除了可以連到各大學圖書館之外，也可以連

到國會圖書館（국회도서관），免費提供民眾查詢論文。

　　進入檢索結果頁面後，有兩種大類型可以選擇，分別是「論文／報告書」和「期刊名」，其中論文／報告書的部分又可以分為學術論文、學位論文、學術發表資料（학술발표자료）、趨勢／研究報告書（동향／연구보고서）、前行研究資料（선행연구자료）、單行本等六種。下面也可以選擇是用相關性順序（관련순）、被引用順序（피인용순）、最新出版順序（최신순）、最早出版順序（오래된순）等排序來呈現資料。

　　在詳細檢索的部分可以勾選想要看到的內容，包含：收錄資訊（수록면）、價格（가격）、發行年度（발행연도）、研究領域（연구분야）、收錄期刊、發行單位（발행처）等。

　　在論文詳細資訊的部分，最上面會顯示這篇論文是學術論文或是學位論文等類型，以及論文名、作者、期刊資訊、發行資訊（발행정보）、被引用次數（피인용횟수）、資料提供單位（자료제공처），以及付費原文（유료원문）的網站連結、圖書館連結（도서관 링크）、主題領域（주제분야）、關鍵字等資訊。

推薦 Kakao 公開帳號與 APP

KakaoTalk 公開帳號우리말 365

　　平常如果有想問的問題，但身邊又沒有韓國朋友或老師可以詢問，很推薦加入國立國語院在 KakaoTalk 上的公開帳號우리말 365，這個帳號提供每人一天可以諮詢五次的次數，諮詢時間是韓國時間早上 9 點到 11 點，以及下午 1 點到 5 點。

오디오클립 AudioClip

　　오디오클립 AudioClip 是一款 Podcast APP，如果想要提升自己的韓文聽力，可以在空閒時間，或是做不用思考的工作時，打開 AudioClip，搜尋自己感興趣的 Podcast 節目來聽。APP 內有各種節目的分類，可以從分類中找找自己喜歡的內容來練習。

圖 5-6　KakaoTalk 公開帳號우리말 365

우리말365
친구 227,059

국립국어원 국어생활종합상담실입니다. 우리말에 관한 간단한 질문에 즉시 답변을 드리고 있습니다.

資料來源：KakaoTalk

致 謝

　　這本書的撰寫時間長達兩年之久，可以說是完整陪伴我兩年的研究所時光，期間數度因忙於課業而不得已中斷書寫。因此，能夠在面臨碩論挑戰前完成這本書，我深感有幸。在此要感謝采實文化一直以來對於我撰稿上的體諒及協助，讓我能說出我與韓文邂逅的故事。

　　我之所以能在書中加入語學知識的內容，要感謝這兩年來政大韓文所教授們的指導，不論是課業上的提點，或是對我的支持、鼓勵，都對我有深遠的影響，使我具備將所學融入書中的能力。在此感謝所有教導過我，並在學業上給我極大幫助的政大韓文系教授們——郭秋雯老師、朴炳善老師、吳輪貞老師。

　　要特別感謝協助審訂本書書稿，不論過去或是現在，皆盡心盡力指導我，我的指導教授——陳冠超老師。從老師身上，我除了學到專業的韓語語學知識，也在接受論文指導的過程中，得到很多學業與處事方面的啟發，受益匪淺。

　　另外，感謝在我憂鬱及低潮時，總是在身旁支持、鼓勵我，成為我心靈支柱，我敬愛的李荷娜老師。如果沒有老師，

我可能無法撐過必須兼顧學校課業、教學及寫書的這段難熬歲月，感謝我的研究所生活有您的出現，很幸福也很美好。

再來，感謝在我大學時期帶我進入韓文世界，總是不厭其煩回答我問題的張筱儀老師，時至今日仍舊不定時地給予我支持與鼓勵，非常感動與感謝。

感謝辛苦修潤書稿的編輯如翎、協助審訂單字文稿的姜秉國、常常為我打氣並協助修正文稿的亦晴、書維老師、海蒂老師、波咚老師，用心為本書的韓文版作者序潤稿的弘益大學語學堂崔元準老師，以及在我寫書過程中曾給予幫助、鼓勵的韓文所朋友──怡均、詩薇、鏡芸、馨鎂、雞蛋、姿晴學姐、芳如學姐、沁婷學姐、婉姃學姐。感謝總是支持我的父母，所有韓文復仇聯盟的韓文老師，以及예린、阿昌（창이）、伊君、娍娍姐、泯綺、郁婷、文馨、庭瑄、心瑜、雅菁、莉琳、鈺馨、蕭幸，室友昱伶及律亦。

最後，真心感謝在我寫書及學習韓文的路上，一直以來陪伴著我的大家。

　대학원 생활을 하면서 이 책을 쓰기 시작한 지 벌써 2년이라는 시간이 흘렀습니다. 이는 이 책의 집필이 저의 2년 간의 대학원 생활과 함께였다고 할 수 있겠습니다. 그 동안 바쁜 학업으로 인해 책 쓰기를 여러 번 잠시 중단한 적도 있었지만 그래도 앞으로 직면할 큰 도전인 석사 논문을 쓰기 전에 이 책을 완성할 수 있어서 다행이라고 생각합니다. 원고 집필에 무한한 양해와 도움을 주시고 제가 한국어를 처음 만나게 된 이야기를 많은 분들께 소개할 수 있는 기회를 주신 采實文化 출판사께 감사하다는 말씀을 드립니다.

　제가 이 책에 전문적인 내용을 담을 수 있었던 것은 정치대학교 한국어문학과 에 계신 교수님들의 많은 지도와 응원, 그리고 끝없는 격려 덕분이었고, 이는 제 한국어 학습에 깊은 영향을 주어 저로 하여금 배운 내용들을 책에 담아낼 수 있는 능력을 갖추게 해 주셨습니다. 여기서 제게 가르침을 주셨던 교수님들— 박병선 교수님, 오윤정 교수님, 곽추문 교수님 께 진심으로 감사하다는 말씀을 드립니다.

　또한 바쁘신 중에도 이 책의 심사를 도와주시고 제 논문에 대해 항상 자세히 지도해 주신 우리 지도교수님—진관초 교수님. 선생님께 많은 전문적인 전공 지식을 배웠을 뿐만 아니라 논문 지도를 받는 과정에서도 저에게 학업과 일처리에 관한 조언을 많이 해 주셔서 큰 도움을 받았습니다.

　그리고 제가 우울해하고 슬럼프에 빠져 있을 때 항상 제 옆에서 응원해 주시고 마음의 지주와 의지가 되어 주신 제가 경애하는 이하나 교수님께도 감사하다는 말씀을 드리고 싶습니다. 만약 선생님이 계시지 않았다면 저는 아마 학업과 교육, 책 집필까지 한 번에 해내야 했던 힘든 시기를 버텨낼 수 없었을 겁니다. 대학원 생활에 선생님이 계셔서 행복하고 아름다웠습니다.

　또한 대학교 때 저를 한국어의 세계로 이끌어 주시고, 제 온갖 질문에도 귀찮아 하지 않으시고 도와주셨던 장소의 선생님께도 감사하다는 말씀 전합니다. 지금까지도 여전히 저를 응원해 주시고 격려해 주셔서 감사합니다.

　마지막으로 제가 원고를 집필할 때 항상 저를 도와주신 우리 편집 담당자 여령, 단어 파트 쓸 때 많이 도와준 강병국. 자주 격려해주시고 원고 수정에 많은 도움을 주신 역청 선생님과 서유 선생님, 헤디 선생님, 포동 선생님, 이 저자 서문을 애를 쓰셔서 수정해 주신 홍익대학교 어학당 최원준 선생님. 그리고 항상 응원해 주고 노트 필기 정리를 도와주었던 대학원 친구들—이균이, 시미, 경운이, 에그, 그리고 자청 선배님, 방여 선배님, 심정 선배님, 완정 선배님. 저를 늘

믿고 지지해 주신 부모님, 모든 한국어 어벤저스 한국어 선생님들, 예린이, 창이, 이군이, 웨이웨이 언니, 민치, 울정이, 문형이, 정선이, 심유, 아정이, 리림이, 옥형이, 숙행이 그리고 룸메이트 옥령이와 률역이. 저에게 많은 도움을 주신 분들께 감사드립니다.

끝으로 제가 책을 쓰고 한국어를 공부하는 동안 늘 함께 있어 주신 분들께 진심으로 감사드립니다.

參考文獻

一、書籍及論文

中文

1. 山崎拓巳（2021），《全圖解！厲害的人如何學？》，臺北：三采文化。

2. Johnson, R. L., McCann, V., & Zimbardo, P. G.（張文哲、洪光遠、邱發忠、蘇文賢譯）（2012），《Zimbardo's 普通心理學：核心概念》，臺北：學富文化。

韓文

1. 고영근・구본관 (2018), 『개정판 우리말 문법론』, 집문당 .

2. 남기심・고영근・유현경・최형용 (2021), 『새로 쓴 표준 국어문법론』, 한국문화사 .

3. 윤평현 (2020), 『새로 펴낸 국어의미론』, 역락 .

4. 이규호 (2010), 『학교문법』, 한국외국어대학교 출판부 .

5. 이익섭 (2005), 『한국어 문법』, 서울대학교 출판부 .

6. 황화상 (2018), 『현대 국어형태론 (개정판 2 판)』, 지식과교양 .

7. 곽추문 (1996), 「韓國語分類司研究」, 성균관대학교 박사학위논문 .

8. 김정남 (2013), 「한국어 조리 동사의 요리 명사로의 파생」『의미학』40 집 , 549-579 쪽 .

9. 조문군 (2016), 「한국어 수량어 교육연구 - 수관형사를 중심으로 -」, 부산대학교 석사학위논문 .

10. Zhang Hui Hui・김정남 (2011),「한・중 가열 요리 동사의 의미 대응」,『한국어 의미학』42 집 , 297-320 쪽 .

英文

Gardner, R. C. (1985). *Social psychology and second language learning: The role of attitudes and motivation*. London: Arnold.

二、網路資料

1. 政府 24, https://www.gov.kr/portal/orgInfo?Mcode=11180
2. 國立國語院 , https://www.korean.go.kr
3. 國立國語院地區語言綜合資訊 , https://dialect.korean.go.kr/dialect/
4. 國立國語院韓語語言文字規範 , https://kornorms.korean.go.kr
5. 韓國外交部 , https://www.mofa.go.kr/www/main.do
6. 韓國民族文化大百科辭典 , http://encykorea.aks.ac.kr
7. 韓語基礎辭典 , https://krdict.korean.go.kr/mainAction
8. 오디오클립 AudioClip, https://audioclip.naver.com
9. 우리말 365 KakaoTalk 公開帳號 , https://pf.kakao.com/_Cgxail
10. DBpia, https://www.dbpia.co.kr/
11. Google, https://www.google.com
12. NAVER, https://www.naver.com/
13. NAVER 韓中辭典 , https://dict.naver.com/kozhdict/#/main
14. NAVER 國語辭典 , https://ko.dict.naver.com/#/main
15. NAVER 辭典與知識百科官方部落格 , https://blog.naver.com/dic_master
16. NAVER 學術資訊 , https://academic.naver.com
17. RISS, http://www.riss.kr/index.do

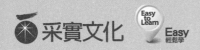

輕鬆學系列 036

寫過就不忘！韓文自學達人的單字整理術

「77 的韓文筆記」教你活用資源、寫出自己的韓文筆記、克服學習難關

作　　　　者	楊珮琪（77）
審　　　　訂	陳冠超
封 面 設 計	張天薪
內 文 排 版	theBAND・變設計─ Ada
責 任 編 輯	陳如翎
行 銷 企 劃	陳豫萱・陳可錞
出版二部總編輯	林俊安

出　 版　 者	采實文化事業股份有限公司
業 務 發 行	張世明・林踏欣・林坤蓉・王貞玉
國 際 版 權	鄒欣穎・施維真
印 務 採 購	曾玉霞
會 計 行 政	李韶婉・簡佩鈺・謝佩慈
法 律 顧 問	第一國際法律事務所　余淑杏律師
電 子 信 箱	acme@acmebook.com.tw
采 實 官 網	www.acmebook.com.tw
采 實 臉 書	www.facebook.com/acmebook01

I S B N	978-986-507-972-7
定　　　　價	420 元
初 版 一 刷	2022 年 9 月
劃 撥 帳 號	50148859
劃 撥 戶 名	采實文化事業股份有限公司
	104 台北市中山區南京東路二段 95 號 9 樓
	電話：(02)2511-9798
	傳真：(02)2571-3298

國家圖書館出版品預行編目 (CIP) 資料

寫過就不忘！韓文自學達人的單字整理術：
「77 的韓文筆記」教你活用資源、寫出自己的韓
文筆記、克服學習難關 / 楊珮琪 (77) 著；陳冠超審
訂 .-- 初版 . -- 臺北市：采實文化事業股份有限公司，
2022.09

288 面；14.8×21 公分 . -- (輕鬆學系列；36)

ISBN 978-986-507-972-7(平裝)

1.CST: 韓語 2.CST: 詞彙

803.22　　　　　　　　　　111012325

采實出版集團
ACME PUBLISHING GROUP